逃げろ光彦

内田康夫と５人の女たち

内田康夫

講談社

逃げろ光彦

内田康夫と5人の女たち

目次

埋もれ火

1

ひと晩中、犬の啼《な》き声を聞いていたような気がする。そう近くはないけれど、別荘地の中であることだけは確かなようだ。

真砂子《まさこ》が何度も起こされたくらいだから、犬嫌いの孝之《たかゆき》はもっと被害が大きかったにちがいない。ベッドで寝返りを打ち、時には半身を起こして「うるさいな」と、いまいましそうに舌打ちをするのを、真砂子は聞いている。

「昨夜《ゆうべ》の犬、あれは何だ！」

朝食に起きてくるなり、孝之は真砂子に当たった。

「ほんとに困りますよねえ」

「困るどころの騒ぎじゃない。こっちはノイローゼだ。だいたい別荘に犬を連れてくるなんていうのが非常識なんだ」

「そんなこと言ったたって仕方がありませんよ。ペットを置いてくるわけにもいかないのでしょうから」

「そんなのは向こうの勝手だろう。勝手をやるんだから、それなりのエチケットを守るべきなのだ。少なくとも、安眠を妨げるような真似《まね》はするなっていうことだ」

「それはそうですわね」

「あたりまえだ、まったく、管理事務所にそう言ってやれ。もし適当な措置ができないようなら、こっちで始末するからってな」

「始末って……どうするんですか？」

「決まってるだろう、叩《たた》き殺してやる」

「まあ、いやだわ……」

真砂子は笑ったが、孝之の場合、冗談でなくなる可能性があるから怖い。ことに近頃、孝之のイライラは尋常ではなかった。もともと躁鬱《そううつ》の起伏《きふく》の激しい気質であるところへもってきて、仕事が思うようにいっていないことが、彼のイライラを募らせているらしい。

それに、ひょっとすると、肉体的な老化にも関係があるのかもしれない。孝之はどうやら男性としての機能を失いつつあることに気付いたらしい。以前は半月に一度くらいの割で、孝之のほうから求めていた行為が、このところ止《や》んでいる。真砂子がそれとなく要求するのにも、はぐらかすようにして寝てしまう。男にも更年期障害のようなものがあるとしたら、いまの孝之がそれなのか——とも、真砂子は思う。

食事を済ますと、孝之はさっさとアトリエに籠《こも》ってしまう。そういうことも、変化といえば変化にちがいなかった。アトリエに入ったからといって、すぐに仕事に取り掛かるでもなく、終日ぼんやりしているようなこともあるようだ。真砂子がお茶を持ってゆくと、慌《あわ》てたように轆轤《ろくろ》を回すふりを装ったりする。

真砂子や弟子たち、それに美術商など出入りの人間にも、妙に怒りっぽくなったのも、そういう症状を隠蔽《いんぺい》するための、一種の虚勢だと思えば、納得がゆく。

この朝も、真砂子がアトリエにゆくと、孝之は回っていない轆轤に向かって、ポツネンと坐《すわ》っていた。カーテンは半開きの状態で、室内は薄暗い。真砂子はカーテンをリボンで留めた。

「あら、あなた、霧氷よ」

少女のような声を出したが、孝之には関心はないらしい。

人工スキー場のある向かいの山の頂きに、今年はじめての霧氷が降りていた。山腹の七合目あたりから上が砂糖をまぶした菓子のように白く、なんだか温かそうに見える。

　霧氷を温かいと感じるのはこの部屋の温度のせいかもしれない。アトリエの室温をいつも二十五度に保つようにというのが孝之の注文である。そのために去年から床暖房を入れた。それに陶器のひび割れを防ぐために、常に加湿器で蒸気を出している。

「暖かすぎるんじゃない？」

　二十五度という温度は真砂子には、少し体を動かすと汗ばむほどに感じられる。

「それは、きみの若さのせいだろう」

　孝之は真砂子から顔を背《そむ》けるようにして、ぶっきらぼうに言う。

「やあねえ、ほんとうは肥《ふと》りすぎっておっしゃりたいんでしょ」

　真砂子はさりげなくかわす。そういう些細《ささい》なことにも、孝之がいちいち屈折した反応を見せるのが、鬱陶《うっとう》しい。

　別荘地への登り口を白と黒のツートンカラーの車が曲がってくるのが見えた。

「あら、パトカーだわ。何かあったのかしら？」

　窓に顔を寄せるようにして言ったので、ガラスがいっぺんに曇って、景色が見えなくなった。真砂子は指先でキュッキュと曇りを擦《こす》った。

　敷地の外でパトカーが停《と》まり、二人の私服が降りた。降りたところでいったん立ち止まり、周囲を見回してから、少し俯《うつむ》きぎみに肩を並べるように歩いてくる。一人はブルゾン、もう一人はコート姿で、いかにも寒々しい恰好《かっこう》であった。

チャイムの音を聞く前に、真砂子は玄関に出てドアを開けた。すでにポーチに立っていた二人の刑事は、びっくりしたようにこっちを見て、畏《かしこ》まって礼を送って寄越した。

「軽井沢《かるいざわ》署の者ですが、ちょっとお邪魔します」

二人の刑事のうち、年輩のほうがチラッと手帳を見せて、言った。

「どうぞ、寒いですから中へお入りくださいな」

ドアを押すようにしておいて、真砂子は式台の上にスリッパを並べた。

「いえ、ここで結構です」

刑事は玄関に入ってドアを閉めたが、上がるつもりはないようだ。ポケットから写真を一葉出して、「これを見てください」と真砂子の手に渡した。

「この女の人、見憶《みおぼ》えがありませんか？」

若い娘が白い犬を抱いて笑った写真であった。真砂子にはすぐに分かった。

「あら、このお嬢さん、あそこの角のお宅のお嬢さんじゃありません？」

「ええ、そうです、吉岡《よしおか》さんといいます」

「やっぱり……いえね、お顔のほうはあまり存じ上げないんですけど、このワンちゃんがね……リリーって言ったかしら、そう呼んでいらしたもんだから」

「娘さんの名前は由利《ゆり》さんといいます」

「まあ、そうですの、それでリリー……」

「は？」

刑事には真砂子の言った意味が通じなかったらしい。

「それで、そのお嬢さんがどうかなさったの？」

「行方不明だそうで、東京で捜索願が出ているのです」

「まあ……」

「家の人ははじめ、こちらの別荘に来ているのではないかと思ったのだそうですが、管理事務所に確かめてもらったら、来てないということで、それで、慌てまして」

「そうなんですか……どうなさったのかしら、まさか誘拐なんてことじゃないのでしょう？」

「いや、まだそこまでは……」

刑事は苦笑した。

「ただ軽井沢駅のタクシーに聞くと、一週間ばかり前、どうもこちらへ来ているらしいのです。白い犬を連れた若い女性を、吉岡さんの別荘まで乗せたという運転手がおりまして。女性の顔ははっきり記憶していないのですが、まず間違いないだろうと」

「一週間前っていうと、私がちょうど東京へ行っていた頃かしら？」

「はあ、お留守でしたか。それはいつからいつまででしたか？」

刑事は手帳を出して身構えた。真砂子はちょっといやな気がした。どういう理由にもせよ、自分の行動が他人のメモの中に記録されるのは、あまりいい気持ちのものではない。

「十一月二十五日から二泊三日で、妹のところへ」

「ご主人とご一緒で？」

「いいえ、主人は家におりましたけど。でも、うちのは外へは滅多《めった》に出ませんから、そういうこと、気がつかないんじゃないかしら」

「いま、ご在宅ですか？」

「ええ、おりますけど」

「すみませんが、ちょっとお目にかかりたいのですが」

「そうねえ、どうかしら、あの人、仕事中はアトリエを出るの、いやがるんですよね」

「お仕事は何を？」

「陶芸です」

「とうげい、ですか？」

それは何か？――と問いたげな目をした。

「焼物ですよ、瀬戸物……」

真砂子は夫に聞こえないように、声をひそめて言った。「瀬戸物」などと、孝之が聞いたら気を悪くするに決まっている。

「ここは別荘地ですが、お宅さんは年間通してこちらにお住まいなのだそうですね？」

「ええ、そうですよ、十三年前からずっと」

「それまでは東京の渋谷だとか……」

「ええ、そうですけど……やだわ、そんなことまで、みんな調べてらっしゃるの？」

「はあ、一応、役目ですので」

刑事はしらっとした顔である。

「ちょっと訊《き》いてきますから、お待ちになって」

真砂子はアトリエに戻った。

「何だ、警察は？」

向こうを向いたまま、孝之は言った。

「角のお宅の娘さんが行方不明になっているんですって。ほら、よく白い犬を連れて散歩するお嬢さんがいたでしょう、あの方。それで、見掛けないかって。あなたにもちょっとお話を聞きたいんですって」

「知らないな、そんなの」

「でしょうけど、ちょっとお顔を出して差し上げて。向こうさんもお仕事ですから」

「そんなもの、あっちの勝手だろう」

言いだしたら引っ込みがつかないたちだ。真砂子は諦《あきら》めてアトリエを出た。

「主人、いま手が離せないもんですから」

真砂子は轆轤を回す手つきをした。

「でも、とにかくそういうお嬢さんのことは知らないそうです。主人は冬は滅多に外へは出ませんのよ」

「はあ……」

刑事は同僚と顔を見合わせたが、案外、すんなりと引き上げて行った。

ドアチェーンを掛けていると、背後から孝之が「帰ったか」と言った。

「やあねえ、お出になれるんだったら、会って差し上げればいいのに」

「嫌いなんだ、ああいう手合いは」

「そりゃ、私だって好きじゃありませんよ、警察なんか」

「警察だからというわけじゃない。とにかくわけの分からない連中は嫌いだ」

「わけの分からないって、どういう意味です？」

それには答えないで、孝之はアトリエへ引き返した。

自分や自分の仕事に理解のない者たちのすべてが、孝之にとっては「わけの分からない連中」なのかもしれない。

夫の苛立《いらだ》ちが真砂子には分かるような気がする。孝之は焦《あせ》っているのだ。このところ、いい作品が生まれなくなった。どこが気に入らないのか真砂子には理解できないことだが、窯《かま》を開けるごとに、孝之がうち割る作品の数が増えている。若い頃には気にもならなかった――というより、孝之の作品の特徴ともいうべき、一種の稚拙《ちせつ》さが、歳《とし》をとるにしたがって、われながら許しがたいものになってくるものらしい。

「作風が変わりましたね」

優雅堂の松永《まつなが》が首を傾《かし》げた。何となく不満げで、「変わった」のが「進歩」であるという様子ではなかった。優雅堂は孝之がまだ無名の頃に目をつけて、三十年ものあいだ付き合いを続けてきた店である。

「いいだろう、な、いいだろう？」

孝之は阿《おもね》るような言い方をした。

「はあ……まとまってはおりますが……。しかし先生のお作は無邪気で枯淡《こたん》の味のあるほうが、私は好きです。次回にはぜひそういうお作をお焼きいただきたいものです」

不満は不満として、松永は二十点ばかりを引き取って帰った。

「ふん、あいつごときに何が分かるものか」

孝之はアトリエの窓から松永の車が消えてしまうまで眺めて、言った。

「なあ、そうだろう真砂子、いいよな？　よくなっているよな？」

「ええ、姿がよくなったと思いますけど、でも私なんか素人ですから、松永さんの鑑識眼にはかないませんわ」

「そんなことはない、素人の眼のほうが余計な銭勘定と無縁なぶん、素直に見られる。連中の眼は物を歪曲《わいきよく》して見るようになっているんだ」

その松永が自分の作品を認め、世に出してくれたことを、孝之はもう忘れている。

「ねえあなた、さっきの吉岡さんのお嬢さんだけど、犬を連れているらしいの。一週間ばかり前だっていうけど、啼き声、聞きませんでした？　ほら、私が東京へ行って留守にしていた頃ですよ」

「いや、知らないよ」

「ほんと？　まさか、あなた、ほんとうに犬を始末したりしちゃったんじゃないでしょうねえ」

「さあな、どうかな。始末しちまったかもしれないぞ、その娘ごとな」

孝之はニヤリと笑って、また轆轤に向かった。

「やあねえ、冗談でもそんなこと……気味が悪いわ……」

真砂子は寒気を感じて、肩を竦《すく》めた。

2

午後になって陽《ひ》が出るとまもなく、スキー場の上の霧氷は消えてしまった。真南に面したこの家は太陽さえ当たっていれば、日中、ほとんど暖房はいらない。

街へ買物に行って戻ってくると、玄関に見慣れない靴があった。真砂子の年代の人間ならズックだとかバスケットシューズだとか呼んでいたものだけれど、いまは何とるデザインの靴だ。いや、靴底に泥がこびりついている印象が、実際、鼻を近づければ、動物的な若い男の臭《にお》いがしそうな感じだ。弟子の誰かが来ているのかと思ったが、それなら玄関から入らず、勝手口に回ったはずだ。

呼ぶのだろうか。横のところに三本のラインが入った、いかにも若者らしい匂《にお》いのす

真砂子はアトリエのドアをノックして「お客さま？」と声をかけた。

「おう、お茶を頼むよ」

孝之が上機嫌の時のはずんだ声を出した。

真砂子はドアを細めに開けて、胸から上だけを突っ込むようにした。

「どなたかしら？」

後ろ姿で、やはり若い男性であることを確認して、真砂子は無意識に気取らない口調になっている。

客は立ち上がって振り返った。見知らぬ顔だった。痩《や》せ型で、隼《はやぶさ》のように張った目をした青年だ。胸に模様編みを散らした、いかにも若者らしいセーターを着ている。

「はじめまして、波多野《はたの》です、よろしく」

青年は硬くなっているのか、ポキポキした挨拶《あいさつ》で、ぎごちなく体を傾けた。

「こちらこそよろしく、ごめんなさい、こんな恰好で」

真砂子は波多野の黒い大きな目にまともに見られて、ドギマギしたのを、ドアの外に隠していた買物袋を掲げてみせて、笑ってごまかした。

紅茶を運んでゆくと、ドアの外にまで、青年の声が聞こえてきた。ずいぶん熱心に話し込んでいるらしい。

「僕の志野《しの》焼を褒《ほ》めてくれてね」

孝之が気分よさそうに言った。青年はそれに対して、真顔で手を横に振った。

「褒めるなんて、とんでもありません。僕は感動したのです。あの匂い立つような淡い色は、もはやこの世のものとは思えません」

「おやおや、この世のものでないとすると、あの世のものかな？」

孝之は肩を揺すって笑った。

「さっき、窯の様子を見に行ったら、林の中に突っ立って、窯を眺めていたんだ。話を聞くと結構、私の仕事にも詳しいんでね、面白そうな人だったから来てもらった」

「お若いのに、お好きなんですのね」

真砂子はなるべく青年の目を見ないようにしながら言った。

「若くはありません。先生は僕の歳にはすでに公募展で入選されています」

「あら、そんなこともご存じなんですの。じゃあ、波多野さんもやっぱり陶芸家でいらっしゃるの？」

「いえ、まだ修業中ですが、将来、もしできれば、陶芸の評論を書きたいと思っているのです」

「まあ、それじゃ、せいぜい御馳走《ごちそう》でもして、うちの先生の作品を褒めていただかなくちゃいけないわ」

「ばかなことを言いなさんな。私の作品は、そんなおべっかを使わなくても、分かる者には分かる」

「そうですよ、奥さま」

波多野も孝之に合わせて、ムキになった。そういう、気負った言い方が波多野の癖なのだろうか。真っ直ぐこっちを見て、身を乗り出すようにして言う。その目に出くわすたびに、真砂子は心臓に重い物をぶつけられたような、奇妙な衝撃を覚えた。

「波多野さんはやっぱり別荘にいらしてるのかしら？」

波多野の視線から逃れるように、真砂子は話題を変えた。

「ええ、この上の千番台のブロックです。山のてっぺんの、いちばんはずれに近い、ちっぽけな小屋ですけど」

「あら、ここだっていちばんはずれですよ」

別荘のハウスナンバーは管理事務所に近いところから順に若い番号がついている。千番台となると、かなり山の頂上に近いはずだ。

「あの辺りからだと、うちの窯がよく見えるんじゃありません？」

「ええ、そうなんです。窯そのものは見えませんが、煙が立っているのを見て、いつも何の煙かなって思っていたんですけど、河島《かわしま》先生の窯がこんなに近くにあるなんて、じつに光栄です」

「軽井沢に窯を作るとなると、場所が限られるんですのよ。とんでもない山の中か、せいぜい別荘地の東のはずれ」

軽井沢は西から吹く風が多い。東風は年間を通じて、ごく僅《わず》かか、もしかすると、台風でもないかぎり、ほとんど無いのかもしれない。それでも窯に火入れをする時には、向こう何日かの風向きを気にする。万一、煙が別荘の上空にでもたなびこうものなら、すぐ管理事務所に文句をつけそうな連中がウジャウジャいた。

「このお宅なら南向きだし、標高が低いですから、冬は楽なのでしょう？」

波多野は羨《うらや》ましそうに言った。

「それはまあね」

「先生と奥さまはこちらにずっとお住まいなのだそうですね」

「そう、物好きでしょう？」

「いや、それどころか羨ましいと思っているんです。そういう暮らしができるようになりたいと念願しています」

「しかし、別荘が持てるというのは大したもんだよ」

孝之が皮肉っぽく言った。

「とんでもありません、僕のではなく、父親の別荘なんです。ただ、父親は冬の軽井沢は苦手ですから、もっぱら僕が使っていますけれど」

「そうだろうねえ、きみの若さで別荘なんか持っていたら、許せないと思ったよ」

孝之はまた「ははは」と豪快な笑い方をしてみせた。若者に対して――というより、真砂子に対して、自分の優位性を誇示するような気持ちのあるのが、真砂子には手に取るように分かって、情けない気がした。

それに反して、波多野は気難しい老人の饒舌《じょうぜつ》に適当に応対し、万事につけて如才《じょさい》なく振る舞い、引き上げるタイミングもよかった。よほど年長者との付き合いにたけているにちがいない。

孝之はいつもどおり、客が去ってゆくのを窓から眺めていたが、波多野の姿が完全に見えなくなると、ぽつりと言った。

「油断のならないやつだ……」

「え？」と真砂子は思わず孝之の顔を見つめた。自分の聞き違いかと思った。

「あいつ、調子ばかりよくて、その実、何を考えているか分かったものではない」

「そうかしら、率直で、いまどき珍しい青年だと思いましたけど」

「なに、率直を装っているだけだ。ひょっとすると、盗みに来たのかもしれない」

「盗む……ですって？　やだわ、穏やかじゃありませんよ」

「あいつ、あんなところで何をやっていたのだろう？」

「あんなところって、窯のところですか？」

「ああ」

「窯を眺めていたって、そうおっしゃったじゃありませんか」

「それは私が近づいた時にはそうしていたがね、それだけとも思えない」

「じゃあ、何をしていたって？」

それには答えずに、孝之は轆轤の前に坐った。坐ったものの、土をいじるわけでもなく、ぼんやりと轆轤を見つめている。後ろ姿に疲労感と老いが滲《にじ》んでいた。

「ずいぶん気持ちよさそうに話していらしたから、気に入ったのかと思ったのに」

「話はな、話はそつがないが……きみ、あいつの目を見たか？」

真砂子は自分の胸のうちを見透《みす》かされたかと、ドキリとしたが、孝之はそういう意味で言ったのではなかった。

「いやな目をしていただろ？　あれは他人の考えていることを盗む目だ。ただの盗人《ぬすっと》よりもたちが悪い」

「やあねえ、そんなんじゃないと思いますけど。そう見えたのは、真面目《まじめ》な青年らしい探究心のせいなのじゃありません？」

「そうかな、きみはそう見たか？」

孝之はふいに振り返り、真砂子の目を覗《のぞ》き込んだ。

「分かりませんよ」

真砂子は急いで手を横に振った。

「分かりませんけど、ほんとうにあなたのこと、尊敬してらしたみたいだったし」

「そうかな、やっぱりそうかな。そりゃな、私の作品をよく理解していることはたしかなんだがね」

相変わらず、孝之の感情は、猜疑《さいぎ》と信頼とのあいだで大きく揺れている。

テーブルの上の跡片づけをしようとして、真砂子は波多野が坐っていた椅子《いす》に白い繊維が落ちているのを見つけた。ただのゴミかと摘《つま》んで捨てようとして、ふと気になった。

「これ、犬の毛じゃないかしら？」

「ん？」

孝之は振り返って、真砂子の指先に向けて首を伸ばした。

「白い犬の毛ですよ、これ……」

「なんだくだらない、それがどうした？」

「だって、ほら、吉岡さんの娘さん、白い犬を連れていたっていうじゃありませんか」

「白い犬ぐらい、珍しくもないだろう」

「それはそうですけど……」

思い過ごしかと思いながら、真砂子は何となく、白い毛を捨てかねていた。

3

翌朝、今年最後の火入れに備えて、真砂子は窯の周辺にうずたかく積もった落ち葉の片づけにかかることにした。

　河島家の建物から窯のある場所までは、五十メートルほど離れている。ただでさえ細長い二区画を繋《つな》げた、鰻《うなぎ》の寝床のように細長い土地だ。窯の向こうはもう国有林である。秋になるとキノコ採りが数人入ってくる以外は、人の訪れはまったくない。そのキノコの季節はとうに過ぎている。

　窯の向こうの林に人影が見えた。一人――いや、二人、どうやら男の二人連れらしい。それこそキノコでも探すように、地上に目を凝《こ》らして動いている。

（誰かしら、いま時分？――）

　真砂子が近づく気配を感じたのか、男の一人がこっちに顔を向け、軽く手を上げて挨拶した。昨日の刑事であった。

「何をしていらっしゃるの？」

　真砂子は少し咎《とが》めるような口調で訊いた。

「はあ、ちょっと足跡があるもんですからね、念のため調べているのです」

　刑事はバツが悪そうに林を出てきた。

「足跡ぐらいあるはずでしょう。町の人たちがよくキノコ採りに入ってますから」

「しかしですね、カカトの高い靴でキノコ採りに来る人はいないのじゃないでしょうかねえ」

「え？　ハイヒールの跡があるんですか？」

「いや、ハイヒールというほど高くないと思いますが、どっちにしてもこんな靴を履いて歩くような場所ではありません」

「じゃあ、それ、もしかして、行方不明のお嬢さんの足跡なんですか？」

「そうかもしれません。あとで鑑識班が来て、足跡の型を採ることになりますが、いえ、そちらにご迷惑をかけるようなことはしませんので、安心してください」

刑事は窯の煙突を見上げた。

「ずいぶん大きなものなんですねえ」

「ええ、一応は登り窯ですからね、これでも小さいくらいなんですのよ」

「煙は出ていませんが」

「いまは燃やしていませんもの。そうしょっちゅう焼いているわけではありません。ある程度作品がまとまったら、一度に焼いてしまうのです」

「ああいう瀬戸物は、何分ぐらいで焼けるものなんですか」

「何分ですって？　とんでもありませんわ。早くて二、三日、長い時は一週間ぐらいはかかります」

「へえっ、そんなに長いのですか。私はまた、焼場でホトケさんを焼くぐらいかと思っていました」

「なんていうことを……」

真砂子は刑事の無神経な譬喩《ひゆ》に呆《あき》れて、相手の顔を睨《にら》みつけた。

「そんなに長く燃やしていると、窯の中の温度は、ずいぶん高くなるでしょうねえ」

刑事は真砂子の感情を害したことなど、まるで気付いていないらしい。

「たしか、千何百度とか聞いたような気がしますけど」

「ほう、そりゃすごい。溶鉱炉みたいなもんですねえ。ちょっと見せてもらっていいですか？」

刑事は返事を待たずに、窯を覆った屋根の下に入った。窯は作品の搬入口をポッカリ開けている。そこから窯の中を覗いてみる気らしい。

その時になって真砂子は、もしかすると、刑事がこの窯と行方不明になっている娘とを結びつけて考えているのではないか――ということに気がついた。

「そんなところ、覗いたって、いまは何も入っていませんよ」

思わず咎める語調になった。

「は？」

　刑事はとぼけた顔で振り返った。

「べつに私は何か入っていているなんて思っていませんが。それとも奥さん、ひょっとすると、時にはこの中に何か入っているようなことでもあるのですか？」

「いいえ、そんなことありませんよ。作品を入れる以外、窯の中はいつだって空っぽにしてあります」

「そうですか」

　刑事はあらためて搬入口に屈《かが》み込むようにして、窯の中を覗き込んだ。

「ははあ、真っ暗ですなあ。しかし、こうしてみると、案外、あちこちに穴かひび割れが開いているみたいですね。ところどころ、ぼんやり明るい」

「焼く時はそれを粘土で塞《ふさ》ぐんです」

「なるほどなるほど、しかし、存外、煤《すす》けてはいないもんですねえ」

「そりゃあなた、炭焼きの窯とは違いますもの」

　刑事は「どっこいしょ」と老人くさい声を出して窯の前を離れた。

「や、どうもありがとうございました」

「あの娘さんの行方は、まだぜんぜん分からないんですか？」

真砂子は訊いた。

「ええ、まだ手掛かりがありません。親御さんが心配する割に、本人はどこかの男と駆け落ちでもしているなんてケースもよくあるんですがねえ。しかし、今回はどうも違うようです。第一、犬の行方も分からないというのがですね、気になるのです」

「そういえば……」

真砂子は昨日の白い犬の毛のことを思い出した。

「上のほうの千番台の別荘に、波多野さんておっしゃる方が見えてましたけど、行ってごらんになった？」

「波多野さんですか？　いや、まだ行ってませんが、その人が何か？」

「いえ、べつに何っていうことはないのだけれど、もしかすると、犬を見掛けたのかもしれないと思ったものですから」

「はあ……」

刑事は真砂子の顔をまじまじと見つめた。

「どうしてそう思われるのです？」

「どうしてって……犬の、そうそう、一昨日の晩だったかしら、犬の啼き声が上のほうでしていたみたいですし。それにあの方、犬がお好きらしくて、うちに見えた時、その方のズボンに白い犬の毛がついていて、それがうちの椅子に落ちていたものですからね、そんな気がして……でも、私がこんなことを言ったなんて、内緒ですよ」

「もちろんです。そうですか、犬の毛がついていましたか……。ところで、奥さんは波多野さんとはどういうお付き合いですか？」

「いえ、お付き合いといっても、昨日、お知り合いになったばかりなんです。昨日、主人がそこの林——あなた方がさっきいらした辺りに波多野さんが立っているのを見て、それでうちにお連れしたんです」

「ほう、あそこにいたのですか……」

刑事は林を眺めた。

「あんなところで何をしていたんでしょうかねえ？」

「主人が見た時には、この窯を眺めていたって言ってますけど、その前のことは分からないそうです」

「その犬の毛ですが、どうしました？」

「もちろん捨てましたけど」

「どこに？」

「屑《くず》かごにですよ」

「屑かごの中身はもうどこかへ捨ててしまいましたか?」

「いいえ、まだそんなに溜《た》まっていませんでしたから、そのままになっていますわよ」

「すみませんが、その犬の毛をですね、もういちど見つけてもらえませんか。いや、それとも、屑かごごと、われわれに貸していただいても結構です」

「そんな、屑かごは主人のアトリエにあるものですもの、貸すわけにはいきませんわよ。まあ探してみますけど、あんな、それこそ吹けば飛ぶような犬の毛でしょう、見つからないかもしれませんわよ」

「その場合は諦めますが、とにかくですね、探してください」

刑事は二人並んで、お願いしますと、深々と頭を下げた。

家に戻って、玄関を入ると、階段の上から孝之の声がかかった。

「いま、あそこで話していたのは、あれは昨日の刑事じゃないのか?」

「ええ、そうですよ」

「何をしているんだ?」

「なんですか、林の中に、吉岡さんのお嬢さんの足跡らしいものがあるんですって」

「ふーん……なんにせよ、煩《わずら》わしいやつらだ。きみは関《かか》わりにならないほうがいいぞ」

孝之は捨て科白《ぜりふ》のように言うと、書斎に入ってしまった。

真砂子は犬の毛のことを言いそびれたのが気になったが、大した問題ではないと思い返して、アトリエに入り、屑かごを丹念に調べはじめた。

すぐ見つかると思った犬の毛が、なかなか見つからない。最後にはかごを逆様《さかさま》にして床の上に中身を叩き落とした。細かい埃《ほこり》まできっちりと見分けがつくのに、白い犬の毛は見当たらない。

（おかしいわねえ――）

真砂子がもういちど屑かごの底を覗き込んだとたん、背後から声がした。

「何をしているんだ？」

「ヒャッ……」

真砂子は奇声を発して床に尻餅《しりもち》をついた。仰向いた目の上で、孝之が怒ったような顔で見下ろしている。

「いやあねえ、あなた、いつのまにそこにいらしたの？　ちっとも気がつかなかった」

「べつに忍び込んだわけじゃない。きみが夢中で気がつかなかっただけだ。いったい何をしているんだい？」

「犬の毛ですよ。ほら昨日の白い犬の毛」

「なんだ、あんなもの探してどうするつもりだい？」

「刑事さんが見たいんですって」

「刑事なんかに話したのか？」

「ええ、何かの参考になるかと思って」

「くだらないことをするな。関わりになるなって言っただろう」

「でも、成り行きでそうなっちゃったんですもの、仕方ありませんよ。だけど変ねえ、たしかにこの中に捨てたのに……」

「あの毛はもうそこにはないよ」

「あら？　どうして？」

「摘んで、トイレに流した」

「えっ？　ほんと？　どうして？」

「私が犬を大嫌いなのは知っているだろう。そこに犬の毛があると思っただけで、気持ちがイライラして我慢がならないのだ。まあ、アレルギーみたいなものかな」

孝之は嘯《うそぶ》くようにそっぽを向いて言った。

4

街のスーパーで真砂子は波多野とバッタリ出会った。波多野はショッピングカートに缶詰だの果物だのを積み上げてレジへ向かうところだった。

「ずいぶんお買いになるのね？」

一人で滞在しているにしては——と、真砂子は疑問を投げた。

「ええ、このまま正月までいることにしたのです。友人も来るし、買い込んでおかないと足りなくなりそうなんです」

「まだお正月までは間があるのに、お仕事、大丈夫なんですか？」

「ははは、仕事といっても、大したことはしていませんから」

波多野は笑って、

「もしよろしかったら、僕の車でお送りしましょう」

と誘った。帰りもタクシーを呼ぼうかと思っていた真砂子にとっては渡りに船だが、なんとなく尻込みする気分だった。

「でも、もう少し買物がありますから」

「なに、急ぎませんよ、駐車場で待っています」

そう言われると、断る理由がなくなった。

大した買物もないのに、いきがかり上、無理に時間をかけて品選びをして、真砂子が駐車場へ出てゆくと、波多野の車がスーッと寄ってきた。中からドアを開けて「どうぞ」と言う。真砂子が乗り込むと、親切にシートベルトを装着してくれた。

「昨日、刑事が来ましてね」

走りだすとすぐ、波多野は言った。まるでそのことが言いたくて乗せたような印象だったから、真砂子はギクリと身構えた。

「白い犬のことを知っているんじゃないかって、いやにしつこく訊くんですよ。どうしてかって訊いたら、ある人に聞いたっていうんですよね」

波多野は運転しながら、チラッと真砂子の表情に視線を投げた。ほんの一瞬のことだけれど、真砂子は波多野の、例の心を盗み取るような深い目を感じとって、自然に顔がこわばった。

別荘地への角を曲がって登り坂にかかったところで、波多野は「ちょっとお寄りになりませんか」と言った。丁寧《ていねい》な口調だが、どことなく有無を言わせないものを感じた。もっとも、そう感じたのは、刑事に告げ口めいたことをしたという負目《おいめ》が、真砂子にあったせいなのかもしれない。

波多野の別荘は、たしかに本人が言っていたように、そう規模の大きなものではなかったが、白い壁に緑の屋根を載せた、可愛《かわい》らしい山小屋というおもむきの、いかにも若い娘の喜びそうな建物であった。

波多野は建物に入るとドアをロックした。後ろ手で、そういう習慣だからそうしたという感じだった。「カチッ」とロックするのを目で見、耳で聞いていながら、真砂子は咎め立てする言葉も出なかった。

暖炉の前の床に、毛足の長いムートンの皮を敷き、ソファーが置いてある。そこに真砂子を坐らせて、波多野はキッチンへ行ってコーヒーを入れてきた。

「モカです。僕の好みなんですけど、奥さんのお口に合うかどうか……」

低いテーブルの上にカップを置いた。のんびりした口調で、真砂子のぎごちない気持ちをほぐすような笑顔を浮かべている。

「私はコーヒーの味はあまりよく分からないんです。でもこれ、私に合ってるみたい。おいしいわ」

「それならよかった」

孝之が言うような「油断のならない」気配など、波多野の様子からは少しも感じ取れないように思えた。真面目で、いわば人畜無害な青年という感じだ。

「このあいだ、あそこの林のところで、河島先生が穴を掘っているのを見ましたよ」

コーヒーを啜《すす》りながら波多野はいきなり言いだした。

「えっ？……」

真砂子はそれまでの平穏との落差にとまどって、波多野の言った意味がすぐには飲み込めなかった。

「穴を、ですって？」

「ええ、穴です、スコップで一生懸命」

「何の穴を？　何のための……」

「何かを埋めるための穴なのでしょうねえ。かなり大きくて深い穴でしたよ。そうだなあ、人間が入れるくらいですか。ほら、西部劇で墓を掘るシーンがあるでしょう、ああいうのを連想しちゃいましたよ」

波多野は笑いながら言っているけれど、真砂子は息苦しくなって、自分が呼吸を停めていることに気がついた。「うっ」という咳《せき》込むような声と一緒に、溜めていた息を吐いたとたん、頭がガンガンしてきた。

「それで……穴を掘って……それからどうしたんですか？」

「いや、途中で僕に気がついたみたいで、先生は穴を掘るのをやめてしまったんです。そしてお宅に誘われました」

「穴の中は見なかったんですか？」

「ええ、見ませんでした……おや？　顔色が悪いですよ。大丈夫ですか？」

波多野は真砂子の顔を覗き込みながら、ごく自然に顎《あご》の下に手をあてがうようにして、体を寄せてきた。真砂子が気がついた時には、波多野の唇は真砂子の唇に重ねられて、舌が歯と歯の隙間《すきま》を広げるようにして割り込んできた。

真砂子は抵抗する神経がプッツリ切れてしまったように、波多野のなすがままにさせていた。

波多野は三十前と聞いていたけれど、まるで好色な老人のように、巧妙に振る舞った。ものの数分後には、真砂子の薔薇《ばら》色に染まった肉体は、ムートンの敷物の上で、波多野の裸身に押しひしがれていた。

真砂子はいつのまにか自分から波多野を求め、すがりつき、呻《うめ》き声を発した。孝之の愛撫《あいぶ》が跡絶《とだ》えてから久しい。体と心の中にポッカリと穴が空いたような虚《むな》しさを、貪欲《どんよく》に埋めようとしていた。

「奥さんは本質的には悪女なのかもしれませんねえ」

行為のあとで、波多野は感に堪《た》えないと言わんばかりの言い方をした。

「僕は負けそうでしたよ」

「やめて、言わないで……」

真砂子は少女のように恥じて、波多野の胸に顔を埋めた。

「だけど、どうしてあんな先生と……もったいないなあ、若いのに」

「若くないわ、おばあさんよ、もう」

「そんなことはない。肌はきれいだし、ジュースだってたっぷり溢《あふ》れている」

ジュースという言い方が真砂子の年齢の女には、刺激的すぎる。

「やめて、恥ずかしいわ……だって、こんなの初めてなんですもの」

真砂子は身を縮めて、両手で顔を覆った。

「さあ、そろそろお帰りになったほうがいいですね」

波多野は時計を見て、欠伸《あくび》を嚙《か》み殺したような声で言った。真砂子の中には余燼《よじん》が燻《くすぶ》っているというのに。

服装を整え、化粧を直すのにずいぶん時間をくった。その間、波多野はしきりに時間を気にしていた。

「そんなに丁寧にしなくても、奥さんは結構美しいですよ」

などと急《せ》かせるようなことを言った。

「だめなの、うちの先生はよく見ているのよ。クリームの乗りが悪いのだって、すぐに気がついて、どうしたんだ、何かあったのかって……」

「ふーん、愛されているんですねえ」

「そうよ、愛されています。私だって主人を大切なひとだと思っていますもの」

「どうもよく分かりませんね」

波多野は低く笑った。

「軽蔑《けいべつ》なさるのね。そうよね、私にも自分が分からなくなることがあるんですもの。女は感情の生き物だから、拍子で何をするか分からない。でも本質的には男よりも冷静なの。バランスをね、ちゃんと測っているのよ。狡《ずる》いって言ってしまえば、それまでだけど」

「そうかなあ、女がそんなに賢いっていう気はしなかったけど。奥さんは特別なんじゃないですかねえ。無茶をして男を困らせる女が多いんですよね」

「その言い方だと、なんだか実感が籠《こも》っているわね。あなた、よっぽど女に困らせられた経験があるみたい」

「まあね、それは否定しませんよ。いつも尻拭《しりぬぐ》いばかりさせられている。そういう巡り合わせだと思って諦めていますけどね」

「私のことは心配しないで結構よ。あなたを困らせるような真似はしないから」

「それはどうも……」

波多野はおどけて、お辞儀をした。

玄関に出て、ノブに手をかけたとたん、向こう側からもノブを引く力がかかった。開いたドアの向こうで、若い女が「あっ」と小さく叫び声を上げてこっちを見つめた。目が大きく、痩せ型で、どことなく波多野に面差しが似ている。

真砂子は慌てて会釈をして、波多野を振り返った。

「お妹さん？」

「いえ、家内ですよ」

平然と言ってのけた。

「奥さま……」

真砂子は呆れて、あとの言葉が続かなかった。

「東京で、ブティックを経営しているんです。僕を養ってくれてましてね」

波多野は自虐《じぎゃく》するような口ぶりで言った。

「あの、どちらさま？」

波多野夫人は真砂子と夫の顔を等分に見ながら、訊いた。

「この下の河島先生の奥さまだよ。ほら、陶芸家の河島先生だ。これを届けてくださったんだ」

波多野は下駄箱の上の壺《つぼ》を手に取った。

真砂子は（あっ――）と思った。気がつかなかったけれど、たしかに孝之の作品で、ついこのあいだまではアトリエの隅に置いてあったものだ。それがどうしてここにあるのか不思議だった。

「そう……」

夫人はまだ三十そこそこか、ひょっとすると波多野より少し年長なのかもしれない。ドアと真砂子のあいだを擦《す》り抜けるようにして玄関を入り、波多野を背に、真砂子と正対《せいたい》した。

「波多野の家内です、主人がいつもお世話になっております」

真砂子の容姿を上から下まで、すばやく一瞥《いちべつ》して、自分が優位に立っていることを確認した感じが、真砂子にはありありと見て取れた。

ドアを出る真砂子に、波多野が「お送りしましょうか？」と声をかけた。口先だけで、その気がないことは見え透いていた。

「いいえ、散歩がてら歩きますから」

真砂子はスーパーの紙袋を持ち直して、笑ってみせた。

帰宅すると、孝之が玄関に出てきて、不機嫌を剝《む》き出しにして、「遅かったじゃないか」と言った。

「それに、タクシーを使わずに、歩いて帰ってきたのか」

「いいえ、波多野さんに送っていただいて、ちょっとお茶を御馳走になってきたんです」

「波多野に？　波多野の家に行ったのか？」

「ええ、どうしてもって、しつこく言うもんだから。あなた、波多野さん、奥さんがいらっしゃるんですよ、きれいな方」

「ふーん、女房がいたのか……」

「もしかすると、ちゃんとした奥さんじゃないのかもしれませんけどね」

「そうか……そうだろうな、あいつにはそういう怪《け》しからんところがあっても不思議ではないのだ」

孝之は機嫌を直したらしい。真砂子は波多野が言った「穴」のことも、それから壺のことも、黙っていた。

5

窯入れが始まると、河島家はがぜん賑《にぎ》やかになる。登り窯の修繕、薪《まき》の準備、アトリエから窯へ作品を運ぶ作業、そして火入れへと、前後約二週間、孝之の陣頭指揮のもと、三人の弟子が泊まり込みで働く。

今回の窯入れ作業で、窯の中の仕事は孝之がすべて自分でやった。いつもは、窯の中に設《しつら》えた耐火性のセラミック棚に作品を載せる作業など、弟子に任せることが多いのだが、今回ばかりは一切、弟子が窯に入ることを禁じた。それだけ今度の仕事にかける意気込みが違うということなのだろうけれど、真砂子にはなんとなく奇異に感じられてならなかった。

真砂子は作業にはまったくタッチしない。せいぜい休憩時間にお茶を入れに行くくらいなもので、あとは完全な傍観者だ。

「陶芸は神聖なる男の仕事だ」というのが孝之の口癖であった。窯は清浄の気を尊ばなければならない――として、神棚を祀《まつ》り、注連縄《しめなわ》を張る。そして、女が窯に入ったり近づいたりするのを極端に忌《い》むのである。そうなると、真砂子は完全に疎外された存在ということになる。

窯の火入れにはいくつもの段階があって、しだいに窯の温度を上げてゆく。まず、「もせとり」「焙《あぶ》り」という段階で湿気を抜く。この段階では温度ははじめ百五十度〜三百度で数時間保ち、最終的には五百度程度にする。つづいて「攻《せ》め焚《だ》き(九百度〜千百度)」、そして最後に「焚き上げ(千三百度)」まで温度を上げる。それぞれの段階でどれだけの時間をかけるかも重要な技術で、昼夜兼行、交代で窯の火の状態を安定させておかなければならない。

登り窯は斜面にいくつかの窯を連結した形で造るのでその名があるのだが、孝之の窯は三室から成っている。

当然のことながら、第一室がもっとも温度の上がるのが遅い。第一室で焼いているあいだ、第二、第三室へも熱気は登っていくわけで、第一室が千度を超える頃には、隣の第二室は七、八百度に上がっている計算だ。したがって、第二、第三室はそれぞれ火入れしてから焼成が完了するまでの時間が短くてすむ。

三日目、第一室の温度が最高度の千三百度程度まで上がった日に、午後から風の向きが変わった。日本海を弱い低気圧が通過して、ほんの短い時間だったが南の風が吹いたのである。

その時、真砂子は波多野の別荘にいた。

波多野は妻が東京へ戻った日に、何事もなかったような顔をして、河島家を訪れた。孝之のほうも、あれほど口汚く言っていたことなど、どこ吹く風といった感じで、しきりに芸術論など交わしていた。男どものそういう老獪《ろうかい》さが、真砂子には腹立たしくもあり、滑稽《こっけい》にも思えた。

波多野は例によって孝之を煽《おだ》てるようなことを言い、合間には真砂子にもお世辞を使った。そして、孝之がトイレに立ったちょっとした隙に、波多野は手紙を真砂子の掌《てのひら》に握らせた。

――僕はいつでも待っています――

手紙には真砂子への想いを、まるで少年のようなひたむきさで綴《つづ》り、最後にそう書いてあった。それを読んだ瞬間、真砂子は体の奥底で疼《うず》くものを感じた。その誘惑には到底、抗しきれないと思った。

真砂子は外から波多野に電話して、いつかの時のようにスーパーで偶然、出会ったようにして車に乗った。

「奥さん、美しい方ね」

真砂子は車に乗ってすぐ、そう言った。

「まああですよ」

と、波多野は悪びれずに答えた。それが波多野夫人に関して、二人が語った唯一の会話であった。それだけで、夫人に対する贖罪《しょくざい》は終わったと、たがいに了解しあったようなつもりだった。

波多野も真砂子も、その日ははじめからそうなるものと決めていたから、シャワーを浴び、ベッドに入った。

ここからほんの百メートルばかり下ったところで、夫たちが目の色を変えて働いていると思うと、なんだか不思議な気がしたけれど、真砂子に罪悪感はなかった。むしろ、あの窯の中で燃えている火のようなものが、自分の肉体の内側にあるのだ——という、妙に納得できる理由を思いつづけていた。

波多野の愛撫が果て、けだるい疲労に身を委《ゆだ》ねている時、ふいに真砂子は異様な臭いを嗅《か》いだ。毛髪を焦がす時のような悪臭だ。明らかに動物を焼く臭いであった。

真砂子は思わず窓の外へ視線を転じた。わが家の方向から風に乗って煙がたなびいてくるのが見えた。悪臭の源はその煙のようだった。

真砂子はゾッとした。刑事が言っていた、「焼場でホトケさんを焼く……」という文句を連想した。

「いやな臭いですね」

波多野はベッドの上で半身を起こしながら言った。波多野の裸の胸にかけた真砂子の腕は、毛布の上に落ちた。

「何を焼いているのだろう？」

波多野は眉《まゆ》をしかめ、手で鼻を覆った。

「あれ、お宅の窯じゃないのかな？」

「そうらしいわね」

「何だろう？　何か動物を焼いているような臭いですよ」

「ネズミかもしれないわ。窯の中に、ときどきネズミが巣くって、子供を産むことがあるんですよね」

「ネズミですかねえ……」

波多野はジロリと、真砂子に視線を落とした。「盗む目」だった。真砂子はゾクッとして、急いで毛布に首まで潜った。

悪臭が漂ったのはごく短い時間だった。風向きが変わったのか、それとも燃えるものが燃え尽きてしまったのか――。

「このあいだの穴、あれは何だったのか、訊いてみましたか？」

波多野は面白そうに真砂子を見ながら、言った。

「いいえ、訊いてないけれど」

「なんだ、まだなんですか、どうして？」

「どうしてって、べつに訊く必要もないでしょう？」

「でも、気になりませんか？　何を埋めたのか」

「ゴミだとか、陶器の破片だとか、そういう物じゃないのかしら」

「へえー、何人もお弟子がいるのに、ゴミの穴を先生自ら掘ったりするんですか？」

「いいじゃないの、誰が掘ったって。それより波多野さん、あなたそんなに気になるのなら、自分で掘り返してみたらどうなの？」

「………」

波多野は真砂子の反撃に、ニヤニヤ笑って何も言わなかった。

その日も真砂子は歩いて帰宅した。家の中には人の気配はなかった。

孝之たちは窯につきっきりでいる。第一室の火を落として火入れ口を密封する作業に入ったようだ。引き続き第二室の火入れにかかるので、寸刻も気が抜けない。

真砂子は窯から少し離れたところまで行って、夫たちの仕事を眺めた。いや、眺めるふりを装って、波多野が言っていた「穴」がどこなのか、林のほうへ迂回《うかい》して行った。

林の中に数個所、白い石灰のようなものが散らばっていた。警察はやはり足跡の型を採ったらしい。その結果は出たのだろうか？　はたして吉岡家の令嬢のものだったのだろうか？

林は栗《くり》やケヤキ、ブナなどの落葉樹がほとんどで、まれにモミなどがある程度だ。木々はすっかり葉を落とし、白骨のような尖《とが》った枝を天に向けている。

落ち葉は何度も降りた霜で半ば朽《く》ちて、土を重く覆っていた。穴の位置を確認することなど、できそうになかった。

それにしても、もし波多野の話が本当だとすると、孝之はいったいそこに何を埋めたのだろう？

ゴミや陶器の破片を埋めた――などということは、金輪際《こんりんざい》あり得ないことを真砂子は知っている。孝之はそういう雑用は一切、したためしがなかった。

「私の手は創造のためにのみあるのだ」

そんなことを言う孝之がスコップを握り、穴を掘ったとすると、それはよほど他人に任せることができない性質のものであったということになる。

そのことと、さっきの異様な臭いが真砂子を不安にさせた。

アトリエで拾った犬の毛を、てっきり波多野が持ち込んだものとばかり思っていたけれど、あれは孝之がどこからか付けてきたものかもしれない。

そう思えば、孝之がわざわざ「大嫌いな」犬の毛を摘んで、トイレに捨てた理由も理解できる。つまり彼は証拠を残したくなかったのだ。

(証拠——いったい何の証拠?——)

夕風のせいばかりでなく、真砂子は身震いが出た。

6

第三室の火を落とした日は小雪がちらついていた。軽井沢の雪は十二月の末にでもならないと、本格的には降らない。浅間山《あさまやま》を越える北風に乗ってきた雪が、サラサラと舞う程度である。

すべての作業を終えて、孝之と三人の弟子は、欲も得もなく、泥のように眠った。あとは窯の冷えるのを待つばかりだ。

昼過ぎ、刑事がやってきた。

「林の中の足跡ですが、やはり吉岡由利さんのものであると結論が出ました」

玄関先で、世間話でもするように、のんびりした口調で言った。

「それで、この付近を徹底的に捜索しなければならなくなりましたので、ひとつご協力をお願いしたいのですが」

「協力って、何をすればいいのですか？」

「なに、ただ見ていてくだされればいいのです。お騒がせするので、一応お断りをしておかなければならないという、そういうことですので」

「うちの敷地の中にも入るのですか？」

「はあ、場合によってはお邪魔しなければならないかもしれません」

「それ、主人が何て言いますか、訊いてみないと……」

「いや、いずれにしてもご協力いただかなければならないのです」

刑事は穏やかな口ぶりだが、一歩も引かない構えであるにちがいない。

「捜索っておっしゃるけど、どういうことをするんですか？」

「そうですなあ、警察犬を使って、怪しい物がないかどうかを探り、必要があれば土を掘ってみるかもしれません」

「あら、犬が来るんですか？　うちの主人、大嫌いなんですのよ、犬が」

「なに、訓練された犬ですから、噛みつくようなことはありませんので、ご安心くださって結構です」

「だめなんですよ、主人は。犬の臭いを嗅いだだけで、もうジンマシンが起きる体質なんですもの」

「あははは……」

刑事は笑って、それではと引き上げて行った。真砂子の抗議が功を奏したようには見えなかった。

翌日、河島家の周辺は異様な雰囲気に包まれた。およそ三十人はいると思われる警察官が二匹のシェパードを伴ってやってきた。

黄色と黒のダンダラのロープを張り巡らせ、林の中を文字どおり嗅ぎ回っている。ちょうど、林の中に突き出た河島家の敷地を半円形に囲むような態勢であった。

その焦点のような位置に登り窯があり、そこでは孝之と三人の弟子が窯出しの作業にとりかかっている。

二つの「発掘作業」は、まったく奇妙な対峙《たいじ》であった。

孝之は昨夜、真砂子から話を聞いた時からずっと、イライラが続いている。

「どうして断らなかったんだ」

目を剝いて怒った。

「だって、うちの敷地の外で作業をやるものを、断りようがないじゃありませんか」

「それにしたって、窯出しの日を選んでガタガタすることはないんだ。第一、あの犬は何だ。私が犬嫌いだということは、きみがいちばんよく知っているじゃないか」

「しようがありませんよ。なんでしたら、窯出しの日を延ばしたらいかがですの？」

「そんなことできるか、明日には作品を取りに来るところが二軒あるんだぞ」

「それは分かってます。でも、そっちをお断りになればいいと思いますけど」

「そういうわけにはいかないよ。向こうは何ヵ月も前から予定を組んでいることだ」

「でしたら、我慢するしかありませんわね」

最後には、真砂子も腹が立ってきた。

「そんなことより、もしあの辺りから、変な物でも出てきたらどうしましょう」

「変な物とは、何が出るんだ」

「たとえば、死体ですよ、死体」

「死体？……」

孝之は脅《おび》えた表情をした。

「冗談言うな」

「でもそうでしょう。警察だって、ひょっとするとそういうものが出るかもしれないと思って、掘っているんでしょうから」

「そんな物は出るはずがないのだ」

顔色は悪いが、妙に自信たっぷりの口調でもあった。

警察のシェパードがふつうでない吠《ほ》え方をした。二匹とも一個所に鼻を突き合わせて、しきりに前肢《まえあし》で土を掻《か》いている。濃紺の活動服姿の警察官が集まってきて、さかんに地面を掘りはじめた。

真砂子はその作業と窯出しの作業を等分に眺めていた。窯の中からは作品がどんどん搬出される。窯から出したところで、孝之が地面に叩きつけて割る作品が続出していた。

三人の弟子たちは、師の苛立ちに脅えながら、黙々として作業に従事する。

林の中の穴はかなり広く、深くまで掘り下げたらしい。しかし収穫はなかったのか、警察官たちはその周囲に立ち並んで、作業を中断してしまった。

それからしばらくすると、彼らの中の中心人物が何かを言い、全員がこっちを向いた。

中心人物を先頭に、数人の警察官が真砂子に向かって歩いてくる。ロープを跨《また》ぎ、河島家の敷地に入った。

「だめですよ、そこからこっちは！」

真砂子は両手を上げて、彼らを制した。全員が停まり、その中から一人だけが抜け出した。この前から来ている刑事とは違う。襟の徽章《きしよう》が偉そうだから、やはり指導的立場の人間にちがいない。

「奥さん、ちょっとお邪魔しますよ」

警察官はニコニコしながら近づいてきた。

「どうもあそこに何かが埋まっていたらしいのですがね、それを掘り出してしまった跡があるのです。いや、分かるのですよ、ほかの所とは、土の感じが違いますからね。誰かが、われわれの動きを察知して掘り返して行ったようですな。いかがでしょう、何か心当たりがありませんか。たとえば怪しい人物を見掛けたとかですね」

「ありませんわ、そういうことは」

「しかし、この上の波多野さんという方が林の中にいたのを目撃したそうじゃありませんか」

「ああ、あれは主人です。主人が会ったのです」

「それじゃ、ご主人にその時のお話を聞かせてもらいたいのですが」

真砂子が窯のほうを振り返った時、孝之の怒った顔が現れた。

「うるさいなあ、こっちは仕事をしているのが見えないのか？」

「あ、ご主人ですか。長野県警捜査一課警部の野口《のぐち》といいます。どうもお騒がせして申し訳ありません。じつは刑事の一人がこの上の波多野さんから聞いてきたのですがね、波多野さんは、ご主人があそこの林の中で、何かを埋めているところを目撃したということなのですが、いかがです、そういう事実はありますか？」

「私が？　冗談じゃない、ひと様の土地に何を埋めるというんだね。だいたいあんたたち、あそこを掘り返したんだろう？　それで何かが出てきたとでもいうのかね」

「ええ、出てきましたよ」

野口警部は平然と答えた。

「犬の毛が数本、白い犬の毛です。どうやら白い犬が埋められていたもののようなのですな。ところがそれがいまはない。となると、何者かがいったん埋めた犬を掘り出して、どこかへ運び去ったとしか考えられないのですがねえ」

「そう考えたければ、勝手に考えたらいいだろう。とにかく仕事の邪魔だ、帰ってくれないかね」

「いや、現在は公務執行中ですからね、そう簡単に引き下がるわけにはいかないのです。ぜひともご協力いただきたい」

野口は「公務執行」という言葉を強調して言った。逆らえば公務執行妨害の罪に問われる——ということを暗に仄《ほの》めかしたつもりなのだろう。

「それとですね、波多野さんはもう一つ、注目すべきことを言ったのです。数日前のことなのですが、この窯から出た煙が、妙な臭いがしたというのですがねえ。どういう臭いかというと、明らかに動物を焼く臭いだったのだそうですよ。火葬場の煙の臭いとそっくりだとか言ってました」

孝之は唇をへの字に結んで、黙りこくっている。志野焼の小さな壺を摑《つか》んだ右手が、小刻みに震えているのが見えた。

「というわけで、われわれとしても放置しておくわけにはいきませんでね。たいへん恐縮ですが、その作業がすんだ段階で結構ですので、窯の中を拝見させていただきたい」

「断る」

孝之がようやく、呻くように言った。

「あんたらのような不浄《ふじよう》役人を入れるわけにはいかない」

不浄役人という時代がかった言い方が、いかにも孝之らしいけれど、野口警部はもちろん、真砂子までが、あやうく失笑するところだった。

「それでは捜査令状を取ることになりますが、できればそういう堅苦しいことではなく、ご好意で見せていただけるとありがたいのですがねえ。捜索令状を取ったとなると、窯の中だけでなく、お宅の中を隈無《くまな》く捜索するような騒ぎになりますので。いかがでしょうか、一つご協力いただいてですね、窯の中だけを拝見するというわけにはいきませんでしょうか？」

野口はどこまでも慇懃《いんぎん》だが、それと同じ程度に無礼でもあった。

「勝手にしろ！」

孝之は手にした壺を振り上げると、野口とのあいだに叩きつけた。美しい柿色に仕上がっていた志野焼の壺が幾百の破片となって飛び散った。

孝之は「畜生！」とわめきざま、さらに背後にある作品を取っては投げ、取っては投げした。

「やめてください、先生、やめてください」

三人の弟子が慌てて飛びかかって、孝之を羽交締《はがいじ》めのような恰好で押えなければ、窯から出した作品がすべて粉々になりかねないところだった。

孝之は弟子たちの腕の中で、なおももがいていたが、やがて、ふいに力を失って、ぐったりとなった。

「先生、大丈夫ですか？」

「しっかりしてください」

呼びかける弟子の声にも反応しない。

真砂子も不安になって駆け寄った。孝之は明らかに意識不明になっていた。野口警部が慣れた手つきで孝之の瞼《まぶた》をひっくり返した。

「すぐに救急車を呼びなさい。脳出血かもしれない、そっと運んで」

冷静に指示した。

7

孝之の脳出血はそう重症ではなく、左手に若干の痺《しび》れが残る程度で、ほぼ回復するという話だった。

しかし、今後も制作が続けられるかどうかということになると、医者は明言を避けた。陶芸は指先の微妙な感覚がものをいう。それが失われては無理だというのは、真砂子にも想像がついた。

真砂子は病院と自宅と半々の生活をすることになった。病院のほうは完全看護を建前としているので、介添人が泊まることは原則として認めてくれない。

そのことはむしろ真砂子にとっては好都合だった。真砂子は三日にあげず波多野の別荘に「招待」された。いわば自分の夫をああいう目に遭わせた男の胸に抱かれるという、不道徳感が、かえって真砂子を奇妙な興奮に誘った。

「このまま、うちの先生が出てこないといいんだけれど」

真砂子は思ったままを口にした。

「悪いひとだなあ」

波多野は笑った。

「そんなことを言って、先生が亡くなったら困るでしょう」

「それもそうね、困るわねきっと」

孝之が倒れたと知ると、優雅堂をはじめ、出入りの店が何軒も来て、お見舞いと称しながら、そのじつ、孝之の作品に手当たりしだいツバをつけて行った。「主人が戻ってきてからにしてください」と真砂子が拒絶しなければ、片っ端から勝手に値をつけ、火事場泥棒よろしく、根こそぎ持ち去ってしまいそうな勢いだった。

孝之の作品が急速に値上がりしているのは、素人の真砂子にも想像がついた。死亡するとか、今後、創作活動ができないとかいうことになると、その作家の作品は暴騰するのが美術界の常なのである。

当分はいま残っている作品の売り食いで、なんとか生活してゆけるにしても、その先がどういうことになるのか、心細い。

真砂子はまだ四十三だ。下手《へた》をすると（？）あと四十年も生きなければならない。

「しかし、奥さんならまだまだ、引く手あまたですよ」

波多野は真砂子の腰を引き寄せながら、言った。

「だといいんだけれど……」

真砂子も波多野の動きに応じながら、思考の半分は夫のことに向いていた。

「もし死ななかったら、それも困るわね」

「どうして？」

「だって、あの体じゃ仕事ができないでしょう。それどころかリハビリだなんだって、お金ばかりかかるし、生活が二重に大変よ」

「じゃあ、いっそ亡くなったほうがいいっていうわけですか。なるほどねえ、保険も入っているでしょうしね。だけど驚いたなあ、ちゃんと計算してるんですねえ。まったく女性は怖い」

波多野は首を竦めた。

「ずっと不思議でならなかったんですけど、奥さんはどうしてあの先生と結婚なさったんですか？」

「そりゃ、もちろん愛したからよ」

「ははは、またそれだ。愛していらっしゃるのは分かるとして、たしかご結婚は十三年前ですよね」

「あら、そんなことまで知ってるの？」

「そりゃね、河島先生のことなら、大抵のことは調べてありますからね。たとえば、前の奥さんのことも」

「前の奥さん？」

「ええ、ご存じないわけはないでしょう？」

「そりゃ、いたっていうことは知っているけれど、どういうひとなのか、詳しくは知らないのよ。たしか輝子《てるこ》さんていったかしら」

「そう、輝子ですよ。十五年前に行方不明になったんです」

「そうみたいね……だけど、どうしてあなた、そんなに詳しいの？」

「だから言ったでしょう、先生のことなら何でも調べたって」

「何のために？　目的は何なの？」

真砂子は薄気味が悪くなって、波多野の体から上半身を遠ざけた。波多野は楽しそうな笑顔で、そういう真砂子を見下ろしている。

「僕の母なんですよ」

「ハハ？……」

咄嗟《とっさ》には意味を解せずに、真砂子は問い返した。

「そうですよ、その輝子というのは僕の母親なのです」

「なんですって？……」

真砂子は混乱しながら、心臓の奥まで冷え冷えとした気分になった。

「僕の母は河島に誘惑されて、父と僕を捨てて河島のもとにはしったのです。もう二十年も昔のことですけどね。父はそれが元で一年後に死にました。その頃、小学生だった僕は養子に出されて、いまは波多野姓を名乗っているから、河島は気がつかなかったみたいですけどね」

波多野は「河島」と呼び捨てにしているけれど、真砂子は咎め立てする気にもなれなかった。

「それから五年後、母は突然、行方不明になったらしいのです。といっても、僕がそのことを知ったのは、大学に入って、実の母親の存在が気になって仕方がなくなってからのことですから、母の失踪《しっそう》から数年後のことです。僕は河島の所在をつきとめ、そして河島にはあなたという美しく若い奥さんがいることも知りました」

波多野の顔から笑いの残像がスーッと消えていった。

「僕はいまでは、母が僕や父を捨てたことを許してもいいと思っています。しかし、母の行方不明がウヤムヤのままになっていることは許せないと思ったのです。調べてみると、警察はノイローゼが高じての家出・自殺——というケースを想定して、その線で処理してしまったらしいけれど、僕は納得がいかなかった。そして、母が行方不明になった前後、二、三年の河島の行動を調べ尽くそうと決心したのです。その結果、最近になってようやく、河島がその前後に変わったことを二つしていることに気がつきました」

波多野はふたたび表情を和《やわ》らげ、真砂子の裸身の上に覆いかぶさってきた。真砂子は自分の意志とは無縁に、ほとんど反射的に、こわばった腕を波多野の背中に回していた。

「一つはあなたとの結婚です」

波多野は指で真砂子の乳首をまさぐりながら、言った。

「いや、あなたとの恋が始まったことにも言及しておいたほうがいいかもしれない。

その時期は僕の母が失踪する半年か一年前だったはずですよね。つまり、河島にとっては、母の存在が邪魔になったのがその頃というわけです。そしてまもなく、母は行方不明になってしまう。それから二年後に、河島はあなたと正式に結婚したというわけです」

波多野は猫が死にかけたネズミをいたぶるように、今度は唇で乳首を玩《もてあそ》んだ。その間、波多野の饒舌はやんでいた。

「もう一つの変化ですがね、それはここの別荘ですよ」

波多野は首を擡《もた》げて、言った。

「河島は母の失踪から一ヵ月後に、いままではただの庭でしかなかったあの土地に、登り窯を築きはじめたのです。半年近くかけて、ほとんど独力で完成させてしまったらしい。半永久的とまではいかないでしょうが、少なくとも、自分が生きているあいだは、あの窯を壊すことはしないでしょう。そして、やがてこの土地にあなたを連れて移り住むことになったというわけです」

真砂子は波多野が喋《しゃべ》っているあいだ、彼のなすがままにさせて、沈黙を守った。嗜《し》虐《ぎゃく》的な言葉と愛撫が交錯して、奇妙な陶酔を醸《かも》し出していた。

「その二つの変化から、僕は一つの結論を引き出したのです。つまり、河島は母を殺してあの窯の下に埋めた――という」

決定的な言葉を吐いたつもりなのに、真砂子が予想したほどの動揺を見せなかったことで、波多野は多少、とまどった。

「どうでしょうか、僕の推理、当たっていると思いませんか？」

「当たっているかもしれないけど、そんなこと、もうどうでもいいわ」

指の動きを停めた波多野の手を、真砂子はもどかしげに手で押さえて、胸に押し当てた。

「あなたにとってどうでもよくても、僕にとっては重大な問題なんですけどねえ」

波多野は愛撫を再開した。

「それで、あなた、あの窯の下を掘ってみるつもり？」

「できればそうしたいですがね、しかし、僕がやるまでもなく、警察が何かを始めたようじゃないですか」

「ああ、あれは犬を探しているんでしょう。吉岡さんのお嬢さんの犬を」

「それはそうでしょうが、それだけで終わらないことを願っていますよ」

波多野の顔が、真砂子の視野の下へ、スッと消えた。真砂子は呻き声を洩《も》らした。

8

病院ではまだ退院は早いと言ったのだが、孝之は正月を自宅で過ごしたいと駄々をこねて、結局、クリスマス前に引き上げることになった。

「どうも、奥さんの顔を見ていないと心配のようですなあ」

医者が笑って、真砂子を冷やかした。そんなようなことを、孝之が言っていたのかもしれないと思い、真砂子は赤くなった。

警察は孝之の帰宅を待っていたようにやってきて、事情聴取を再開した。真砂子もそれまで知らなかったことだが、窯の中から骨灰《こっぱい》が見つかったというのである。

「正直なところ、灰のほとんどが煙と一緒に空中へ散ってしまったもんで、はっきりしたことは分からないのですが、動物——それも、けものの骨であることは間違いないというのが、専門家の先生の話なんですなあ」

野口という警部が、孝之の枕許《まくらもと》に坐り込んで、のんびりした口調で言った。

「まあ、常識的に考えて、犬か猫ではないかと……つまり、そういう動物がですね、あの窯の中にいて、焼かれたのではないかと、こう想像する以外にないわけでして」

野口はグッと身を乗り出して、孝之の目を覗き込んだ。

「そこで先生、あの窯の中には先生だけしか入らなかったのだそうですね？」

「……………」

孝之は黙って頷《うなず》いた。

「その時、犬か猫が——まあ、たぶん死骸《しがい》だと思いますが——そこにいるのに気がつきませんでしたか？」

「……………」

「気がつかないということはあり得ないと思うのですがねえ」

「知っていたよ」

孝之は初めて口をきいた。

「そうですか、ご存じでしたか。それなら話が早い。いや、助かりますよ」

野口はご機嫌になった。

「それで、それは犬でしたか？」

「そうだ」

「白い犬で？　つまり、こういう」

野口は写真を示した。吉岡家から借りてきた、犬だけが写っている写真である。孝之はチラッと一瞥して、かすかに頷いた。

「ああ、それだ」

「死んでいたのですか？」

「その時はな、死んでいた」

「その時――と言われますと、どういう意味ですか？」

「最初、私が見た時には生きておったということだ」

「それはいつのことですか？」

「いつだったか忘れた、ずっと前のことだ」

「奥さんが東京へ行っている留守のあいだじゃありませんか？」

「ああ、そうだ」

「その犬はどこにいたのですか？」

「だから、だから窯の中にいたのよ。それで腹が立って殴りつけたら、死んだ。文句はないだろう。畜生の分際で神聖な窯の中に入ったのだからな、殺されて当然だ」

「なるほど、そうかもしれませんが、その時いたのは犬だけですか？」

「ん？　それはどういう意味？」

「いえ、お訊きしたとおりです。先生が窯の中で見たのは犬だけで、誰か人間がいたというようなことはなかったのですね？」

「なんだ、そのなんとかいう娘のことを言っているのか。ふん、期待に沿えなくて悪いが、それだったらいなかったよ」

孝之は皮肉な笑いを浮かべた。

「分かりました。それで、その犬の死骸をどうしました？」

「林の中に埋めた。ところが、そのなんだか知らないが、娘が行方不明になったとかで、警察が探しに来たりして、面倒なことになるのはいやだから、焼いてしまうことにして、掘り出したのだ。それを波多野のやつが見ていたんだ」

「なるほどなるほど、それですべて説明がつきますねえ。しかし、問題の飼い主はいぜん行方不明でしてね。犬だけが出てきたというのは、どうも得心がいかないのです」

「得心がいこうがいくまいが、そんなこと、私は知らないよ」

それっきり、孝之は向こうを向いてしまった。警察が話しかけても、煩《うるさ》そうに手を振って「帰れ」という意思表示をする。

野口警部は帰りがけに真砂子を物陰に呼んで、「じつは……」と言った。

「ある人からですね、窯の床の下が怪しいのではないかというタレ込み——通報がありまして、いちど掘ってみたらどうかというのですがね、いかがなものでしょうかなあ」

「とんでもない！」

真砂子ははげしく頭を振った。

「そんなことしたら、主人はそれこそ脳出血どころか、心臓が停まりますよ。もしそんなことになったら、警察を殺人罪で訴えますからね」

「ははは……」

野口は笑った。

「訴えられてはかないませんなあ。いや、たぶんそんなことをするまでもないと思いますよ。じつは、内々に専門の者を呼んで調べさせたのですが、あの床は昨日や今日、固めたものではないのだそうですからねえ。しかし、奥さんがそんなに強く反対するとなると、またぞろ疑ってみたくもなります」

意地悪な捨て科白を残して、野口たちは引き上げて行った。

真砂子はそのあと、買物に出て公衆電話で波多野に電話した。波多野はすぐに車で迎えに来た。

「あなたね、窯の下を掘れって警察に告げ口したのは」

真砂子は本気で怒っている顔をした。

「ははは、もう行きましたか。警察はよっぽど手掛かり難と見えますねえ。しかしですね、僕の説明も説得力があったのです。つまり、あの白い犬がなぜ窯なんかに潜り込んだかという点です。僕はね、警察にこう言ってやったんです。犬は死骸の臭いを嗅いで、ここ掘れワンワンと言いたくて、あの窯の中に入ったのではないか——とね。そうでもなければ、飼い馴《な》らされた犬が、あんなところに入ったりしませんよ」

(たしかにそうかもしれない——)と真砂子も思った。

波多野の別荘には入口の脇《わき》に、白い真綿の雪をあしらったモミの木が立てられていた。

「クリスマス、奥さんが来るの?」

「ええ、トンボ帰りですけどね、一応」

「奥さんのこと、そんなに放っておいて、大丈夫なの? よく平気でいられるわね」

「ははは、むしろ心配なのは向こうのほうでしょう」

波多野は真砂子のコートを脱がせ、首筋にキスを落とした。

「不良ね、おたがいに」

「いや、僕はあなたには遠く及びませんよ。こう見えても、僕はカミさんの尻拭いばかりしている、善良な亭主なんですから。……もっとも、男はみんなそういうものかもしれないけど」

「何言ってんのよ、奥さんに丸々、食べさせてもらっているくせに」

「そんなことを言えば、あなただって丸々、食べさせてもらっているじゃないですか。単に、男と女の立場が代わったというだけのことですよ」

「あははは、ほんとだわ。だけどあなた、奥さんの尻拭い……いやだ、変な言葉……でもとにかく、そういう尽くすようなことをしているようには見えないけど？」

「遊んでばかりいて……ですか？　ところがそれなりにね、僕は彼女の弱味を摑んでいますからね。言ってみれば、彼女は孫悟空《そんごくう》で僕はお釈迦《しやか》さまというわけです」

「ふーん、つまりヒモなのね。その武器はセックス？　なら分かるような気がするけど」

「あははは、お褒めにあずかって光栄です。しかし、残念ながらそういうものではないのですよ」

「何かしらねえ、あんなにきれいなひとが、あなたのようなグータラの言うままになっている理由って……」

「それはあなたの場合も同じでしょう。こんなに若くて美しい女性があんな老人と……まさか、やっぱり、セックス？」

「ばかねえ、うちの先生はもうだめ。でなきゃこんなところに来るものですか」

「こんなところはひどいな。それじゃあ、金と名誉かな」

「さあ、どうかしら」

二人の会話は中断した。たがいに塞がれた口からは、言葉にならない声がしのび出た。暖炉で薪のはぜる音、はげしい息遣いと衣擦《きぬず》れの音、それに混じってかすかな足音が近づいてくるのに気付くのが遅れた。

9

波多野の動きがぎごちなく停まったので、ふと目を上げた真砂子は、波多野の視線の先に女が突っ立っているのを見た。

シルバーフォックスのロングコートを纏《まと》った波多野夫人が、大きな目をいっそう見開いて、ベッドの上で絡《から》みあう二匹の動物を見つめていた。

ずいぶん長い睨みあいのようだったが、あるいはほんの数秒だったのかもしれない。夫人は身を翻《ひるがえ》してキッチンの方角へ走った。

「やめろ、またやる気か？」

波多野が怒鳴って、裸身を起こした。まだ萎《な》えきっていないものが、真砂子の鼻先で滑稽に揺れた。

「早く逃げてください、服をつけて、さあ、早く」

波多野は叫びながら、真砂子の衣服を投げて寄越した。

真砂子も慌てた。あの夫人の目の色はふつうではない、明らかに狂気そのものだと思った。しかし、慌てれば慌てるほど、うまくいかない。下着に足を突っ込みそこなって、われながら無様《ぶざま》な恰好で床の上に転がった。

波多野がズボンをつけるまも与えず、夫人が飛び込んできた。右手の先に尖った果物ナイフが光っていた。

「やめろ、よせ……」

波多野は半分逃げ腰で、夫人の前に立ち塞がり、腕に巻いたセーターを闇雲《やみくも》に振り回した。

夫人には波多野を殺す意志はなさそうだった。目指すは憎い女——とばかりに、真砂子に刃物を向け、突き出すことに専念している。何か言葉を発しているらしいのだが、まるで狼《おおかみ》の唸《うな》り声のように意味不明だった。

真砂子は必死で逃げた。大声を上げて助けを呼ぶわけにいかない状態なのが、もどかしい。どんなに醜態であろうと、もはやなりふりを構っている余裕は無かった。椅子やテーブルの出っぱりで、体中のあちこちをぶつけた。

夫人のほうも真砂子だけしか目に入らないらしく、無鉄砲な突進を繰り返すから、何かに躓《つまず》いたり、どこかをぶつけたりは真砂子と同様だ。喜劇映画の追っ掛けっこなら、さぞかし客にうけるだろうけれど、双方——いや、波多野を含め、三人が三様に必死だから恐ろしい。

ついに部屋の隅に追い詰められた真砂子めがけて、果物ナイフが突き出された。真砂子は反射的に右手でナイフを払った。

腕に激痛が走った。ナイフが弾け飛んだ。その後を追うように、鮮血が空中に弧を描いた。

「やめろ!」

波多野が夫人を抱き止めた。血を見たせいか、夫人の興奮は収まったらしい。波多野に背をもたせかけた姿勢で、両腕をダランと下げ、狂犬のように舌を出し、ゼエゼエと荒い息をした。

真砂子は裸の尻を床に落として、まるでセルロイドのキューピーのような恰好で坐り込んだ。右腕からはかなりの出血をしているけれど、それを手当てしようという考えは浮かばなかった。それどころか、股間《こかん》を隠すことさえ忘れている。

「もういいな？」

波多野が夫人に優しく言った。夫人は幼女のようにコクリと頷いた。それを確かめてから、波多野はソロソロと夫人を抱いてソファーに坐らせた。

真砂子の衣服は散乱して、何が何やら分からないことになっていたが、波多野は夫人を刺激しないようにとの配慮からか、ゆっくりとそれらを拾い集め、真砂子の前に運んできた。

「血、なんとかして」

真砂子は甘えた口調で言った。波多野はビクッとして、夫人のほうを振り返った。夫人は聞こえなかったのか、それとも気が抜けたのか、何の反応も見せなかった。

傷の応急手当てをして、衣服をつけ終わると、三人は思い思いの場所に坐って、黙りこくっていた。

（そうか――）

ふいに真砂子は思いついた。

「分かったわ……」

嬉《うれ》しそうに、場違いな陽気な声を出したので、波多野も夫人も、あっけに取られたように真砂子の顔を見た。

「さっき、あなた、奥さんに『またやる気か』って言ったでしょう、それで分かったわ。吉岡さんのお嬢さん、あなたの奥さんの仕業《しわざ》だったのね」

「…………」

波多野夫妻は顔を見合わせた。反論はしなかった。

「だからあの犬、お嬢さんを探して、うちの窯に迷い込んだりしたのよ。可哀相《かわいそう》に」

真砂子は自分の着想に浮かれて、傷の痛みも忘れていた。

波多野がノロノロと立って行って、部屋の隅に落ちているナイフを拾った。

「奥さん、あなた余計なことに気がついちゃったですね」

ひどく憂鬱《ゆううつ》そうな顔で、真砂子の胸にナイフを突きつけた。真砂子はびっくりしたが、逃げはしなかった。逃げずに笑った。

「ばかねえ、私を殺してどうするのよ。いくら警察が間抜けだって、そうそう甘くはないわよ」

「それは分かってます。しかし、このままあなたを帰せばもっと危険ですからね、仕方がないのです」

「まあ落ち着きなさいよ」

真砂子は波多野に背を向け、壁に貼《は》られた鏡を覗き込んで髪の乱れを直した。

「あなた、自分で言ったこと、忘れたわけじゃないでしょう？」

真砂子は背中の波多野に言った。

「ほら、男は女の尻拭いばかりしているって、そう言ったじゃない。実感が籠っていたから、あなたの奥さんのやったこと……そう、吉岡さんのお嬢さんの死体をどこかに始末したんだなって、ピンときたの。まったく、あなたってひとは罪なひとよね。おとなしい奥さんを狂わせちゃうんだから。私もあぶなく二の舞いになるところだったってわけね。でもね、女の尻拭いはうちも同じなのよ。うちの先生、私の後始末をちゃんとやってくれたの。何のって、もちろん死体の始末よ。そう、あなたが見抜いたとおり、あの窯の底にはあなたのお母さんが眠っているわ。犬はその臭いを嗅ぎつけたのよ。だから主人が殺してしまったのね。あれからもう十五年になるかしら、あなたのお母さんをやったのは、この私。どうしてかって？　そんなこと、説明できるくらいなら、殺したりしないわ。あなたの奥さんだって同じでしょう。女ってそういうところがあるの。ふだんは埋もれ火みたいに眠っているものが、突然、カッとなるのね。怖いけど、だからこそ男にとっては面白い存在なんでしょう？　後始末ぐらいしてくれても、割に合わないということはないと思うわ」
鏡の中の自分に向かって、真砂子は白い歯を見せて笑った。

飼う女

1

「さてと、どうやって殺そうかしら……」

夫の雅男《まさお》と娘の雅美《まさみ》を送り出すと、芙美江《ふみえ》は玄関先で呟《つぶや》いた。

頭の中はそのことでいっぱいだけれど、手と足のほうは思考とは無関係に動いて、日常の仕事を進めていく。寝室の片づけ、掃除、洗濯……。キッチン関係のことだけは母親の友江《ともえ》に任せっきりになっている。

「おばあちゃんのお料理のほうが、ママよりおいしい」

雅美は三つか四つの頃から、もうそんな生意気を言いはじめていた。雅美に言われるまでもなく、芙美江自身、母親の作る料理にはかなわないと思っている。生まれた時から三十二年も食べつづけているのだもの、舌が味に馴れきっているにちがいないわ——と、自分に関しては分かるのだが、雅美も雅男さえも友江の料理がいいというとなると、いささか複雑だ。

雅男は宴会があって、豪勢な食事が出されても、決まって腹を空《す》かせて帰ってきては、友江の作っておいた夜食を平らげる。

「外で食べても旨《うま》くないんですよ」

義母に対するお世辞ではなく、ほんとうにそう思っている。だからどんなに遅くなっても、午後十時前には帰宅してくれる。むろん午前様などということはあり得ない。友江は雅男が風呂を浴びている間に、ほんとうにチョコチョコという感じで海老《えび》の皮を剝《む》き、茄子《なす》や南瓜《カボチャ》などを、揚げたての天麩羅《テンプラ》に仕上げてしまう。そういう芸当はどう逆立ちしたって、芙美江にはできそうにない。

それはそれでありがたいのだが、雅男が会社で、女房に飼い馴らされているように言われているらしいのが、芙美江は少し困る。

「いいじゃないか。つまりはいい女房だという評価を得ていることなのだから」

雅男は屈託がない。

その代わりというべきか、友江は料理以外のことには一切、口出しも手出しもしない。家族の会話のなかに入っても、けっして出しゃばるようなことは言わない。いつもニコニコと、遠くから親子三人の団欒《だんらん》を眺めて楽しんでいる。

芙美江の父親は、芙美江がまだ小学生の頃に死んだ。何で死んだのか、芙美江はあまりよく知らない。病気ではなく、何かの事故であったらしい。誰かに自殺だったと聞いたような気もする。なんでも長い闘病生活に疲れて服毒自殺を遂げた——というようなことだが、はっきりしたことは分からない。母親に訊《き》いてみたこともあるのだけれど、そのつど、ひどく悲しそうな顔をされるので、つい訊きそびれてしまって、そのままになっている。

その父親がじつはほんとうの父親ではなかったことを、芙美江は結婚する直前になって知った。もっとも、芙美江はそれほど驚きはしなかった。戸籍謄本《とうほん》に父親とは別の名前が記入されてあるのを見て、そういうことだったのか——と、漠然と思っただけだ。幼い時に死に別れて、馴染《なじ》みがないせいなのかもしれない。

片づけがひととおり済むと、芙美江はサンルームへ行って金魚の世話をする。サンルームは三畳ばかりの小さな板の間だ。マンション業者のパンフレットに「サンルーム」と書いてあったので、なんとなくそう呼んでいるのだけれど、一方の壁面が大きなガラスのドアになっているというだけで、こういうのがほんとうのサンルームなのかどうか、正直なところ知らないで暮らしている。ただし日当たりと気密性はいい部屋であることだけは確かだ。床暖房を入れて、夏冬とも、室温はほぼ二十度前後に一定されてある。そこに棚《しつら》を設え、水槽が四つ並べてある。四つともリュウキンの飼育用である。いちばん大きい水槽には若い成魚が十尾。やや小ぶりの二つの一方には選別し抜いた優秀なオスとメスの番《つがい》、もう一方には稚魚《ちぎょ》が五十数尾入っている。もう一つは繁殖用の小型の水槽で、いまは孵化《ふか》寸前の卵を入れてある。

ドアを閉める音が響くと、金魚は芙美江の気配を察知して、いっせいにこっちに頭を向けた。

「ごめんね、お腹《なか》、空いたでしょう」

芙美江は水槽の中にミジンコを落としながらそう話しかけた。

芙美江は子供の頃から小さな動物を飼うのが好きだった。オタマジャクシから始まって、金魚、鯉《こい》、カメ、文鳥、カイコ……と。手当たりしだいに、ずいぶんいろいろと飼った。文鳥の巣引き（繁殖）はことのほか上手で、何代にもわたってかけ合わせ、一時は五十羽ほどにまで増やした。そのうちに近親結婚の弊《へい》が出たのか、奇形の鳥がつぎつぎに生まれてきた。さすがの芙美江も気味が悪くなって、それ以上の飼育を諦《あきら》めた。

カイコも二年にわたって飼いつづけた。象の肌を思わせるような白い「巨体」を動かして、熱心に桑の葉《は》を食む姿が可愛くてならなかった。腕や腿《もも》の上を這《は》わせると、擽《くすぐ》ったさが全身に広がって、なんともいえない快感であった。カイコはマユを作り、やがてサナギから羽化する。羽化してもカイコの蛾《が》は飛ばない。藁《わら》を敷いたトコの上で、ウドン粉をまぶしたような白っぽい翅《はね》をハタハタさせながら卵を産みつけ、その作業が終わると死んでしまう。羽化してからは卵を産むだけの短い人生（？）で、その間、まったくの飲まず食わずである。健気《けなげ》で、儚《はかな》くて、幼な心にも心惹《ひ》かれるものがあった。

いろいろ飼ったなかでは金魚がいちばん長続きした。元は夜店の金魚掬《すく》いで、父親と一緒に買ってきた三匹から始まった。「すぐに死んじゃうよ」と父親は言った。死なれた時の娘のショックをやわらげる心遣いでそう言ったのかもしれない。金魚掬いに出るような金魚は駄金なので、見た目にも美しくないし、丈夫でもないのだそうだ。その金魚が三匹とも死なずに育った。確かに姿がいいとはいえないだろうけれど、それは子供の観賞眼には関係のないことだ。芙美江は自分の手で生きているということだけで、充分、金魚に愛着を感じ、満足もした。

金魚はたぶん小学校の四、五年ぐらいまで飼っていたと思う。どうしてやめたのか、憶えていない。あれほど可愛がっていたのだから、やめるにはやめるなりの理由や原因があったにちがいないのだが、そのへんのことが芙美江の記憶から欠落している。

長いブランクのあと、ふたたび金魚を飼いだしたのは、雅美が小学校に通うようになってからである。学校で「みなさんのお家では、何か動物を飼っていますか？」と訊かれ、何も飼っていないと答えたのが三人だけだったという。

「何か飼ってよ、何か……」

雅美は犬か小鳥か――と希望したのだが、芙美江は金魚がいいわと、なかば強制的に決めた。マンション住まいでは犬は飼えないし、鳥は子供の健康によくないのではないかという危惧《きぐ》があった。

金魚はリュウキンにすることにした。子供の頃、金魚売りのおじいさんが通るたびに、芙美江は表通りに飛び出ては、青い縁《ふち》どりのあるガラス鉢の中で堂々と遊弋《ゆうよく》するリュウキンを、飽きることなく眺めつづけたものだ。

リュウキンは赤と白のだんだらで、もっとも金魚らしい金魚だ。ランチュウこそが金魚の王様だというけれど、芙美江はランチュウやシシガシラのように頭部にコブのような変形したものがあるのは嫌いだ。どうしてあんなものが美しいのだろう――と、不思議でならない。

「金魚はリュウキンが一番ですよ」

デパートのペット売場で、店員がそう言った。芙美江がそれをちょうだいと言ったからではなく、ほんとうにそう思っている様子なのが嬉しかった。

若い、少年のような店員だった。痩せ型で色白で、日向《ひなた》ではとても生きていけそうもない、ひ弱な感じがした。

若い店員は、白い布を張った小さな撒網《たも》を摘《つま》むように持った。撒網を水槽に入れると、金魚たちはいっせいに闖入者《ちんにゅうしゃ》を見上げた。

リュウキンは形は優美だが、そのぶん動作が鈍い。三つに割れた大きな尾を持て余すように泳ぐ。

「こいつは元気がいいですよ」

店員はあまり器用とは思えない手つきで、撒網を一匹の金魚に突きつけるように追っている。金魚は尾をさかんに揺さぶって逃げまどう。水槽には五尾のリュウキンがいるのだが、店員は執拗《しつよう》にその一匹を追いつづける気だ。

一匹が必死の逃走を試みているのに、ほかの四匹はほとんど知らん顔である。撒網が自分のそばに接近した時だけ、慌てて動くが、じきに落ち着いて、仲間の不幸を無表情に眺めている。

店員が金魚を追いつめるのを、芙美江は息を止めて見つめた。

（ああ、そんなに乱暴にしないで――）

思わず声をかけたい思いだった。

「さあ、おいで、何もしないからね」

店員は囁《ささや》くように言っている。

「そうそう、いい子だ、おとなしくしているんだよ」

金魚は水槽のコーナーに追いつめられて、じっと動かなくなった。目の後ろから胸《むな》鰭《びれ》の辺りに広がった赤い斑点が、まるで乙女が頰《ほお》を染めたような姿に見える。

白い布製の網が金魚に触れた時、芙美江は下腹に鈍痛のようなものを感じた。

金魚は攩網に寝そべるようにして水から上げられ、プラスチック容器に移された。

「もう一匹ね、番で欲しいの」

芙美江は言った。店員は「えっ？」という顔をした。

「番……ですか？……」

「ええ」

「オスとメスがあるんですか？」

「あたりまえじゃないの。なかったら、どうやって繁殖するのよ」

芙美江は笑ってしまった。

「はあ、それはそうですけど……」

「あなた、金魚の雌雄《しゆう》が見分けられないんですか？」

「はあ……すみません」

「しようがないわねえ。じゃあ、私が見てあげるから、ちょっとその攩網を貸してちょうだい」

芙美江は容器に移された金魚をそっと掬って、横たわった金魚の尾鰭《おびれ》の部分を見た。店員も芙美江の脇から覗き込む。

「ほらここの孔《あな》が肛門でしょう。その隣にある小さい孔が生殖器。これはオスね、小さくて細長いから分かるでしょ」

「はあ……」

店員は曖昧《あいまい》に頷《うなず》いた。

「じゃあメスのほうはどうかというと」

芙美江はメスの金魚を選んで掬った。

「ここの孔がさっきのより大きくて、それに丸い感じでしょ。これがメスよ」

店員の顔を振り向くと、思いがけない近さに迫っているので、芙美江はびっくりして身を離した。店員は上気した顔になっている。

（いやだわ――）

芙美江はずいぶんきわどいことを喋っていたことに気付いた。

「じゃあ、これ、二四、くださいな」

早口に言った。

2

ペット売場の青年が藤沢幸男《ふじさわゆきお》という名前であることを、芙美江は三度目に売場に立ち寄ったときに知った。

新宿《しんじゅく》のデパートまで、芙美江の家のある郊外からは私鉄で二十分あまりの距離である。何か特別の買物でなくても、デパートにはちょっとした惣菜《そうざい》なんか、近所のスーパーにないものが置いてあるから、芙美江はときどき出掛けていく。そのついでにペット売場に寄って、ミジンコやシュリンプなど、生エサを買って帰る。

藤沢青年は最初の出会いの時に、玄人《くろうと》はだしの解説を拝聴したせいか、芙美江に対してはきわめて礼儀正しい。藤沢はペット売場に配属されて日も浅く、ほとんど、とおりいっぺんの知識しかないらしかった。金魚の繁殖の仕方など、むしろ芙美江に聞いて、感心しているありさまだ。

芙美江のほうも少し調子に乗って、金魚ばかりでなく、小鳥の飼育についても蘊蓄《うんちく》を傾けたりした。なにしろこっちは、ことペットに関しては年季も入っているし、飼育の対象も多岐にわたっているのだから、大抵の質問には答えられる。

「奥さんはペット博士ですねえ」

藤沢は眸《ひとみ》を輝かせるようにして、熱心に芙美江の話に耳を傾けた。

その藤沢がとつぜん自宅を訪ねてきたのには、芙美江は驚いてしまった。

ある日、チャイムが鳴るので出てみると、ドアの外に、デパートの包装紙でくるんだ大きな荷物を持って、藤沢が立っていた。

「××デパートです、ご注文の品をお届けに上がりました」

藤沢は澄ました顔で言った。ことさらに大きな声を出したのは、奥に家人のいる気配を感じたかららしい。反射的に芙美江も「あらご苦労さん」と応じてしまった。その瞬間に、藤沢の秘密めいたドラマの筋書に誘い込まれたことになる。

「重いですから、お運びしましょう」

藤沢は、どちらに置きましょうかなどと、適当なことを言いながら、玄関を上がった。

「悪いわね。こっちへ置いてちょうだい」

芙美江は自分でもびっくりするほど、ごく自然に藤沢をサンルームに案内した。リビングルームから友江の顔が覗《のぞ》いた。藤沢は「失礼します」と折り目正しく挨拶して、その前を通過した。

「ずいぶんいいところでお飼いになっているのですねえ」

サンルームに入ると、藤沢は感嘆の声を発した。棚の上の水槽を覗き込んで、

「あっ、ほんとうに孵化したんですね」

少年のような目になった。

中型の水槽に十五尾のリュウキンが泳ぎ、小型のにはメダカほどの幼魚が五、六十四、ツンツンと泳いでいる。

「すごいですねえ、こんなに増えるものなんですねえ」

「これでもずいぶん減ったのよ。はじめは二百匹くらいいたかしら」

「えー、そうなんですか、死んじゃうんですか」

「それと、間引きね」

「えっ？　殺しちゃうんですか」

「そうよ、弱い個体はなるべく早くに始末したほうがいいのよ」

藤沢は涙ぐみそうになっている。

「それより、お届け物って、いったいなんなの？　どういうことなの？」

芙美江は声をひそめて、詰《なじ》るように言った。

「あ、すみません」

藤沢は照れ臭そうに、例によって不器用な手つきで包みを解いた。大型の水槽が現れた。中に、ビニールの袋に詰めた小砂利も入っている。

「どうしたの？　これ……」

芙美江は驚いて、藤沢の耳元に囁いた。刈り上げたばかりの髪の毛から、かすかに整髪料の香りがした。

「僕から、奥さんへのプレゼントです」

「ばかねえ……どうするの、こんなに高価なものを……」

思わず声高《こわだか》になりそうなのを抑えて、芙美江は藤沢を叱《しか》った。

「すみません……。でも、受け取ってください。でないと、ぼく……」

藤沢は悄気《しょげ》た顔になった。こんなところで泣かれでもした日には、困ってしまう。芙美江は慌ててポケットから五千円札を出して、藤沢の手に握らせた。

「かわいそう……」

「ご苦労さまでした」

母親に聞こえるように言った。

「だめです、要《い》りません」

藤沢は囁きながら、しかし、強硬に札を拒絶した。二人の掌で五千円札が揉《も》みくちゃになった。見たところ女性のそれよりも華奢《きゃしゃ》な指なのに、藤沢は思いがけない力強さで芙美江の手を握った。

「痛っ……」

芙美江はかすかに悲鳴を上げた。

「あ、ごめんなさい」

謝ったけれど、藤沢は手を放しはしない。両の掌で芙美江の手を包み込むように握って、じっと目を見つめた。

芙美江はドキドキした。かといって不快な気持ちではなかった。甘美な香りが鼻孔《びこう》いっぱいに広がったような、眩暈《めまい》にも似た状態であった。いつかどこかで、これと同じ気持ちになったことがあるような記憶が、ふっと脳裡《のうり》を過《よぎ》った。夫の愛撫では感じたことのないスリリングな興奮であった。

いつのまにか藤沢の左手は芙美江の肩に回され、芙美江は藤沢の胸に顔を寄せるポーズになっていた。

藤沢は芙美江の顎《あご》の下に手を添え、少し仰向けるようにして、唇を重ねた。芙美江は無意識に口を開きぎみにしたので、二人の歯が触れ合って、チチチと鳴った。

藤沢はその大胆さに似ず、緊張のあまり体が細かく震えていた。

(可愛い……)

蕩《とろ》けるような気持ちの中で、芙美江はふと微笑《ほほえ》んでしまった。

「ばかねえ……」

芙美江は顔をそむけ、手を藤沢の胸に突くようにして体を離した。

藤沢が帰っていったあと、芙美江がリビングに戻ると、友江が眉をひそめて言った。

「いまの、あれ、何なの?」

「××デパートの店員よ。ペット売場の」

「そんなふうには見えなかったけどねえ」

「そうね、素人《しろうと》っぽくて、なんだか頼りないわね。でも、わざわざ品物を届けに来てくれるなんて、なかなか親切じゃない」

「そうかしら……」

友江はしきりに首を振った。

「あの男、気をつけたほうがいいよ」

「気をつけるって、何を？……」

「なんだかさ、似たところ、あるみたいだから」

「似たところ？　何よ、それ？」

それには答えずに、友江は部屋を出て行ってしまった。

似たところ――とは、誰にどう似ているという意味なのか、芙美江には分からなかった。分からないなりに、気にはなった。母親は日頃、無口なだけに、喋ることには無駄がない。ああ言ったからには、何かそれなりの意味があってのことだろう。

ひょっとすると、母親は藤沢とのさっきの出来事に感づいたのかもしれない。二人の会話や物音を盗み聞きしたわけではないだろうけれど、部屋から出てきた二人の様子にピンとくるものがあったのかもしれない。

芙美江は洗面所へ行って、鏡で顔や服装の乱れがないか、点検してみた。

これといっておかしなところはない。しかし、目の縁にかすかな充血のなごりのようなものが、あるといえばある。繁殖期のオスの金魚に現れる「追い星」を連想させた。

（やあねえ――）

芙美江は水を流しっぱなしにして、顔を洗った。

3

藤沢が置いていった新しい水槽に、最初の二尾の金魚を入れ、そのあとには稚魚を移した。空いた小さな水槽は孵化専用に使うことになった。

藤沢が来た時には五、六十四いた稚魚は、その後一週間ばかりでさらに間引いて、二十四前後になった。なかには死んだ魚もあるけれど、それはごく稀《まれ》で、ほとんどは芙美江の判断で選《よ》り分けて殺した。動きの鈍いもの、尾鰭の不揃《ふぞろ》いなもの、体が小さいもの……。

「そんなにまで選別しなくてもいいのに」

と雅男は哀れがるけれど、芙美江は容赦《ようしゃ》なく淘汰《とうた》していった。ランチュウなどは数千尾に一尾を残すくらいにシビアに淘汰するのだそうだ。それに較《くら》べれば――という気もあった。いずれにしても、金魚屋の店を開くわけでもないのだから、たくさん残したってしょうがない。それよりも優良品種を大事に育てたいのだ。

一つの水槽で飼える金魚の数には一定の限度があるそうだ。たとえば三十リットルの水槽では、大型の金魚なら二尾程度がいい。リュウキンは比較的大型種の金魚だから、いま飼っている大きいほうの水槽でも、完全な成魚なら四、五尾が限度ということになりそうだ。

「人間だってそうよ」

と芙美江は言うのである。

「うちは雅美一人で充分。私だって一人っ子だったんだし」

「そんなこと言って、まさかおまえ、僕の知らないうちにどうにかしちゃったんじゃないだろうね？」

「え？　やあね、そんなことしないわよ。でもよくしたものじゃない、神様は雅美だけを授けてくれたんだもの」

「まだ分からないさ、若いんだし、僕はもう一人くらいいたっていいと思っている。できたら男の子がね」

雅男は夜具の下に手を突っ込んできて、芙美江の乳房に触れた。パジャマのボタンを外し、乳首を抓《つま》んで戯《たわむ》れるのに任せながら、芙美江は「だめよ、つくらないもの」と軽く言った。

「しかし、できてしまったら産むのだろ?」

雅男は体を寄せて、芙美江の顔を覗くようにして言った。

「そりゃね、できてしまえば仕方がないけれど、絶対にできないわ」

「そんなこと、分かるものか。二人ともべつに体に悪いところがないのだし」

「でも、だめよ、私は決めているから、だからもうできないわ」

「強情だなあ。それじゃ、僕は意地でもつくってみせるよ」

雅男は夜具の中に侵入して、本格的にパジャマを脱がせにかかった。芙美江のほうもそれには抵抗しない。自分から進んで夫の作業に協力した。

協力しながら、「でも、だめよ」と言っている。

雅男はもう無言だ。もっとも、唇で乳首を銜《くわ》えているのだから、物を言うわけにいかない。芙美江は雅男の背中に腕を回して、背筋《はいきん》の発達を確かめるように掌を這わせた。

雅男は男として申し分のない体格と知力を備えている。さすがに友江が充分、吟味して決めた婿《むこ》だけのことはあった。贅肉《ぜいにく》のない筋肉質のタイプで、精力も性欲も人並みだ。金魚なら、さしずめ淘汰される側には入らなくて済むだろう。

ただし、セックスに関していえば、そういうタイプにありがちな一本調子なところが、物足りないと言えば物足りない。なまじ自分の肉体に自信があるから、女体に対するサービスという点でおろそかになる。乳房や性器に与える刺激も、どことなく教科書どおりという域を出ない。唇や手指の愛撫に芙美江が反応を示し、性器に潤《うるお》いが湧《わ》きさえすれば、それでこと足れりとばかりに体を乗せてくる。

だからといって芙美江に不満があるというわけではない。それなりに快感を楽しむことができるし、行為のあとには安らいだ気分にもなれる。

（でも——）と芙美江は思うのだ。

（金魚だって、ミジンコばかりでなく、たまにはシュリンプを食べるのだもの——）

雅男との行為に欠けているものはスリルだと思った。ファミリーレストランで出される定食のようなものだ。メニューを見ただけで、だいたいどういう内容か想像がついてしまう。意外性や新しい発見など、到底、期待できっこない。

もっとも、そういう男だからこそ母親のめがねに適《かな》ったということもあるのかもしれない。まったく、その意味では、雅男は優良品種の模範的な亭主像といえた。

「母さんはあの人のこと、ほんとに上手に手なずけたわねえ」

芙美江は友江にそう言ったことがある。

「やなこと言うわね、人聞きの悪い」

友江は編物の手を休めないで、にこりともせずに言った。

「悪い意味で言ったんじゃないのよ。むしろ感謝してるわ。あの人が真面目亭主でいるのは、母さんのお蔭《かげ》なんだもの」

「それは違うわよ。雅男さんのああいうのは、やっぱりおまえのせいですよ」

「ううん、そうじゃない。母さんがうまく飼い馴らしたのよ。考えてみると、私だってそうかもしれない。母さんがいなければやっていけないもの」

「ばかなこと言うもんじゃありませんよ。飼い馴らしただなんて、おまえの金魚じゃあるまいし」

「そうか、金魚か……」

芙美江がなかば冗談で言ったことが、友江の言った「金魚」という譬喩《ひゆ》で、かえって実感を伴ったように思えてきた。実際、芙美江は生まれた時からずっと母親の庇護《ひご》のもとにいたような気がする。よく、近頃の若い男にマザコンが多いというけれど、芙美江の場合はまさにマザコンそのものだ。たまたま芙美江が女であるから、世間では奇異に感じないというだけのことである。

雅男も自分も、それにひょっとすると娘の雅美までもが、友江の「金魚」なのかもしれない——と、芙美江はなんだかゾッとするような気分で考えてしまった。

4

私鉄の駅へ続く道を歩いていると、「奥さん」と呼ぶ声がする。自分のことではないと思いながら、芙美江は何気なく振り向いた。すぐ脇に車が停まって、運転席側から助手席のほうに身を倒すようにして、藤沢の顔が笑っていた。

「あら……」

芙美江は驚いて近寄った。

「これからお出掛けですか？」

藤沢は窓の中から見上げる恰好で訊いた。

「そうよ、新宿まで買物。ついでにおたくのデパートに寄ろうと思ったのに」

「うちは今日、定休日ですよ」

「あら、そうだっけ……」

木曜日の定休をうっかりしていた。

「あなたはどうしたの？　こんなところで」

「奥さんのお宅に伺うところだったのですけど」

「うちに？　何しに？」

「金魚のエサ、もうなくなる頃だと思ったものですから」

「やだ、それでわざわざ？——ばかねえ」

つい狎《な》れ狎《な》れしい口調になっている。

「せっかくですから新宿まで、お送りします。乗ってください」

藤沢は助手席のドアを開けた。

「いいわよ、電車のほうが早いから」

「そんなこと言わないで、乗ってください、お願いしますよ」

藤沢はまたあの泣き顔になった。この界隈《かいわい》では、いつ顔見知りの人間が通るかしれやしない。芙美江は慌てて車に乗り込んだ。

「奥さんとドライブできるなんて、夢みたいです」

藤沢はハンドルを摑《つか》む指を、ピアノのキーを叩くように忙《せわ》しく動かしながら言った。

「ドライブだなんて、そんなことじゃないでしょう」

芙美江は少し強い口調で言った。

「あ、怒ってるんですか？」

「怒ってなんかいないけど、あなた、ずいぶん無茶するんだもの。この前だって」

「すみません、僕、奥さんのこと好きだもんだから」

「ばかねえ、こんなおばさん摑まえて。あなた、いくつ？」

「二十四です。でも、そんなの、関係ありませんから」

藤沢は子供みたいな物言いをする。いや、こうと思ったら抑制がきかないのも、まるで幼児だ。もしかするとこういうのが、話に聞いた新人類とかいうものかもしれない。芙美江は（へえーっ）と思って、あらためて藤沢の横顔を眺めてしまった。

藤沢はまったく無邪気に嬉しそうだ。胸のうちで鼻唄《はなうた》でも歌っているのか、しきりに首を振り、ハンドルを指で叩く。ちゃんと運転してくれればいいけれど——と心配だが、運転技術のほうはしっかりしたものらしい。方向音痴の芙美江には、どこがどこなのかさっぱり分からないけれど、郊外の空いた道を器用に選んで車を走らせる。滑《なめ》らかな運転に身を委ねていると、眠気を催してきそうだ。

あっと気がついた時には遅かった。車は通りを一気に曲がって、明らかにモーテルと分かる建物の門を潜《くぐ》った。

「何するのよ、どこへ行くのよ」

芙美江が叱るのを無視して、藤沢はいくつも並んだガレージのような中に車を滑《すべ》り込ませて停まった。

「心配しなくても、何もしませんから。怖くありませんから」

藤沢はオズオズと芙美江の顔を覗き込んで、哀願するように言った。どこかで聞いた科白《せりふ》だと思ったら、ペット売場で金魚を掬う時に言ったのとおなじような科白だった。

（まるで生娘《きむすめ》を口説くみたい——）

芙美江は思わず笑ってしまった。それを見て、藤沢はほっとしたように車の外に出ると、助手席のドアを開けて芙美江に手を差し伸べた。ほんの一瞬のためらいはあったが、芙美江は藤沢に手を預けて、車を降りた。

あとからいくら思い返しても、どうしてそういうことになったのか、自分で自分の気が知れない。もっと怒って、抵抗して、さっさと建物を逃げだせばよかったのかもしれないけれど、鏡のある部屋に入ってからの芙美江は、それこそまるで水槽に囚《とら》われた金魚のようなものだった。

藤沢はある時点までは男というより、むしろ女のように振る舞った。項《うなじ》や脇の下、腰のくぼみといった、芙美江自身でさえ知らなかったような隠れた性感帯に、掘り起こすような愛撫を執拗に加えた。実際、芙美江は今、抱き合っている相手が女性ではないかと錯覚したくらいだ。レズビアンというのはこういうものではないか——と思った。

指や唇や舌の使い方もしなやかで、夫のそれとはまるで違った。素材そのものが違うのだ。芙美江はふと、幼い頃に腕や腿に這わせたカイコの感触を思い起こした。そのカイコのようなものが乳房から腹、腹から下腹部へと這って、茂みの奥に隠れているもっとも敏感な部分に潜り込んでいく。

藤沢は徹底的に奉仕した。奉仕することで藤沢自身の快感を高めているのが、芙美江には分かった。芙美江がしどけなく乱れ、たまらず声を発すると、藤沢もまた動物的な呻《うめ》き声を洩らした。そういう、いわば前戯のなかで芙美江は二度も昇りつめ、最後に藤沢自身が入ってきた時には、むしろデザートのような味がした。

5

若い金魚の数は十八匹までに選別した。もうどれも立派にリュウキンの風格が備わってきて、これ以上は捨てるのが惜しい気がする。しかし、十八匹は今の水槽には過剰なのである。

「そのくらいにしておいたらどうだ」

雅男は言ったが、芙美江はもう一つ水槽を買うことにした。

藤沢からは毎日のように電話がかかってくる。

「会ってください」とせがんでいる。モーテルを出る時、「これきりよ」と宣言したけれど、すんなり収まるとは、芙美江自身、思っていなかった。

「訪ねていってもいいですか？」

「だめよ、ばかねえ」

「だけど僕、がまんできない。だめなら、奥さんが出てきてください。でないと、これから行きます」

「だめだめ、だめよ。そのうちに……」

芙美江は言ったが、外で会うのは危険だと思った。どこで誰が見ているか分からない。それならいっそ自宅に呼んで会ったほうがいい。家の中なら母もいるし、そう無茶なことはしないだろう。

水槽を届けるようにと注文した目的の半分は、それであった。

藤沢は友江がスーパーに出掛けるのと入れ違いのようにやってきた。もしかすると、そのへんで友江が外出するのを待っていたのではないか――と思えるタイミングであった。

「奥さん……」

藤沢は玄関に入って、芙美江を間近に見ると感極まったような声を出して、涙ぐんだ。とても芝居とは思えない。おそらく湧き上がるものを抑制できないたちなのだろう。

会ったらまず何かきついことを言ってやろうと手ぐすね引いていた芙美江だが、そういう藤沢を見ると何も言えなくなった。

「まあ上がんなさいよ」

先に立って、サンルームへ向かう。藤沢はよく馴れた犬のように、いそいそとあとに従った。

部屋に入るなり、藤沢は堪《こら》えていたものを一気に吐き出すように、芙美江に迫った。床にひざまずき、芙美江の腰に両腕を回して、抱きついた。下腹部に顔を押し当て、「ああ……」と言葉にもならないことを口走った。

芙美江はよろけて、倒れそうになるのを、藤沢の頭を抱える恰好で、やっと耐えた。見ようによっては、愛《いと》しくてたまらない男を抱きしめているようなポーズであった。

藤沢は芙美江の腰を抱いたまま、あお向けにゆっくりと床に倒れた。芙美江はたちまちバランスを崩して、もつれ込むように、藤沢の上に跨《また》がる恰好になった。

「何するの、ばかねえ!」

「好きなんです、僕、たまらなく……」

藤沢のしなやかな指が、すばやくスカートの中に入り込んだ。

「だめ、そんなことして、こんなところで、どうするの……」

きれぎれに叱ったが、効き目はなかった。藤沢は着実に作業を進め、モーテルの時とは違うスリリングな愉悦で、芙美江を存分に饗応《きょうおう》した。芙美江は下着以外の衣服を纏ったまま、藤沢の唇の上で絶頂の悲鳴を上げた。

いきなりドアが開いた。ギョッとして見ると、雅美が立っていた。奇怪なものを見る目だった。それはそうだろう。芙美江のスカートの中には男の胸から上がスッポリと隠れている。芙美江が両手をついたところから先のほうに、男の長い足が伸びていた。なんとも説明のしようのない滑稽《こっけい》な風景であった。

「あっちへ行ってなさい。なんでもないのよ」

芙美江はかろうじて言った。髪振り乱し、額《ひたい》に汗を滲《にじ》ませて「なんでもない」と言う母親を、雅美はどう思っただろう。しかし、とにかく雅美がドアの向こうに消えてくれたので、芙美江はほっとして藤沢の上から離れた。

「困ったことになるわよ」

芙美江は喘《あえ》ぎながら言った。藤沢を睨んだが、口の周りのぬめりをハンカチで拭《ぬぐ》っている男を見ては、迫力のある言葉を吐きようがない。

「僕はどうなったっていいんです」

「殺されるかもしれないから」

「それでも構いません」

「ほんとに？……」

その瞬間、芙美江はそういうこともありうる——と予感した。藤沢はいわば金魚に取りついた寄生虫のようなものだ。金魚の寄生虫はチョウとかイカリムシとかいった微生物だが、いちど取りつかれると素人にはなかなか厄介なものだ。放置しておくと水槽全体の金魚がやられてしまうし、寄生虫を駆除しようとして、金魚ごと殺してしまうことだってある。いや、むしろそうしたほうがいい。冒された金魚は捨てて、水槽を新しくするのが、ほかの金魚を救うためには最良の措置かもしれないのだ。

雅男がこのことを知ったらどうするだろう。妻を追い出すだろうか。それとも藤沢を殺すだろうか。

（あの人はどっちも無理ね――）

芙美江は思った。申し分のない夫である雅男に、欠けている点があるとすれば、蛮《ばん》勇《ゆう》といってもいいような激しさだ。男には闖入者を殺すほどの勇気があってもいい。それがないから、私はこんなことになってしまったんだわ――と、芙美江は責任を転《てん》嫁《か》する気持ちがあった。

6

その日から雅美の様子がおかしくなった。時折り、何か話しかけても虚《うつ》ろな目をそむけて、黙りこくっていることがあった。そうかと思うと、妙にはしゃいで、体ごと芙美江にぶつかってきたりした。そのくせ、それに応じて遊びの相手をしてやろうとすると、まるで汚いものに触れたように、身を縮め、逃げていってしまう。

「雅美、なんだか変じゃないのかい？」

日頃は雅美の教育のことなど一切、口出しをしない主義の友江だが、さすがに気になって、芙美江に注意した。芙美江はうすうす原因を知っているわけだが、むろんそんなことは言えたものではなかった。

「反抗期かもしれないわね。そのうちに直るでしょう」

わざと呑気《のんき》そうに言った。

「そうかねえ、なんだか尋常じゃないみたいだけれどねえ。学校でいじめられているんじゃないかしら……」

友江は気掛かりそうに言って、詮索《せんさく》する目で芙美江の表情を覗き込む。表面は平気を装っていても、芙美江はそのつど、胸が痛んだ。

たしかに友江に言われるまでもなく、雅美ははっきり異常であった。口のきき方や態度が粗暴になっている。学校へ行くのを嫌がり、二日に一度はとんでもない早い時間に早退してきてしまう。走って帰ってきて、いきなりサンルームに駆け込む。そういう時の雅美は、とても子供のものとは思えない狂暴な目の色だった。

「この頃、頭が痛いとかお腹が痛いとかで、早退することが多いのですけれど」と担任の教師から連絡があった。医務室で熱を測ると、たしかに微熱があるので、仮病ではないらしいと言っている。しかし、家に帰った時点ではケロッとしたものだし、腹痛も訴えなければ、熱もまったく平熱であった。

藤沢から相変わらず毎日のように電話が入った。当然、芙美江が留守の時にもあるはずだが、友江や、まれに雅男が出た時には無言のまま電話を切ってしまうらしい。

「この頃、いたずら電話が多いみたいだな」

雅男はそう言うけれど、いまのところ、べつに妻の不倫を疑ってはいないようだ。友江は雅男の前ではその件に関しては一切、何も言わず、芙美江と二人だけになると、「またあったよ、電話」とチクリと刺すように言う。それっきりである。

(どうにかしなければ——)

芙美江はしだいに追いつめられた心境になっていった。藤沢からの電話には「だめっ」と厳しい声で拒絶するが、いつまでもそれですむ相手ではないことは、これまでの経緯からみても分かりすぎるほど分かっている。しまいにはこっちが「殺す」どころか、逆に殺されるような羽目に陥《おちい》らないともかぎらない。最近、交際を断られた男が、若い娘を殺すという事件が二つ、立て続けに起きていた。

木曜日の昼過ぎ、藤沢から電話が入った。受話器を取るといきなり早口で言った。

「これから行きます」

「待って……」と言った時には電話は切れていた。芙美江は取り落とすように受話器を置いた。茫然《ぼうぜん》として振り向くと、目の前に友江が立っていた。非難とも憐《あわ》れみとも怒りとも受け取れる、なんとも形容のしようがない顔でこっちを見つめている。

「やあねえ、出掛けようと思うとお客が来るんだから」

芙美江は上擦《うわず》った声で言って、笑った。

「どうするの、おまえ」

友江はにこりともしないで言った。

「どうするって、何を？……」

それには答えずに、友江はキッチンに引っ込んだ。

藤沢はそれからものの三分とかからずにやってきた。さっきの電話は、ついそこの公衆電話からだったらしい。やってきたら「帰ってくれ」と言うつもりだったのに、またしても芙美江はきつい言葉が出せなかった。

「毎度どうも、お邪魔します」

キッチンから覗いた友江の顔を見ると、藤沢はそらぞらしく挨拶をして、当然のようにサンルームへ通った。

「図々しいわよね」

芙美江は友江に気弱に笑いかけて、藤沢のあとを追った。頭の中は恥ずかしさと惨《みじ》めさでいっぱいのはずなのに、気持ちのどこかに何かを期待している卑《いや》しいものがあるのを感じていた。

「今日はだめよ、母がいるんだから」

後ろ手にドアを閉めると、芙美江は囁き声ではっきりと宣言した。そのくせ、藤沢がおびえたような薄笑いを浮かべて腰に手を回してくるのを、強く拒絶することもできなかった。

藤沢の手は芙美江のスカートを手繰《たぐ》り上げて、歌舞伎の黒衣《くろご》のように物馴れた手つきで下着をずり下げた。芙美江はといえば、文楽人形のようになすがまま、操られた。大声で友江を呼べばいいはずなのに、むしろ唇を固く閉ざして、声の洩れるのを堪えている。

わずかな経験のはずなのに、藤沢はどこをどうすればどんなふうに、芙美江が反応するのかを知り尽くしているかのように、自信たっぷりに振る舞った。金魚の雌雄も知らずにオドオドしていた時の藤沢とは、まるで別人であった。おそらく藤沢にしてみれば、この成熟しきった人妻を自家薬籠中《じかやくろうちゅう》のものに飼い馴らしたつもりでいるにちがいない。実際、そう思われても仕方がないほど、芙美江は彼の思いどおりに操られ、反応し、喜悦の涙を流した。

(こんなばかげたことが許されていいはずがない――)

行為の最中に、芙美江は幾度となくそう思い、快感と同じ程度に藤沢への憎悪がつのるのを感じつづけていた。

「金魚が死んでる……」

芙美江の上から身を起こして、藤沢が間の抜けた声で言った。

「え？……」

芙美江は首を振《よじ》って、水槽を見た。「あっ」と叫んではね起きた。二匹いるリュウキンの親が、二匹とも腹を背にして浮かんでいた。立って、水槽に駆け寄った。股間《こかん》に藤沢のものが滴《したた》り落ちるのを感じたが、それどころではなかった。

「さっきまでなんともなかったのに……」

悲鳴のように言った。そうなのだ、さっきまで――藤沢が来る直前まで、金魚は二匹とも何事もなく泳いでいたのだ。

「あんたのせいよ」

「僕は何もしていないけど……」

藤沢は臆病《おくびょう》な少年の顔に戻っていた。

「そうじゃなく、あんたが来るからこんなことになったのよ」

何が起こったのか、芙美江には分かるような気がしていた。藤沢を玄関に迎えに出たちょっとした隙に何かがあったのだ。あの時キッチンから覗いた友江の顔が、一瞬、脳裡を過った。

「そんなこと言ったって、僕は何も……」

「いいから帰って、二度と来ないで。この金魚と同じ目に遭いたくなければね」

芙美江は藤沢をドアの外に押し出した。そのままの姿勢で、玄関へ向かう藤沢を睨みつづけていた。藤沢が玄関を出るのとほとんど入れ替わりに雅美が飛び込んできた。

「金魚の人、来てたのね！」

雅美は芙美江を挑むような目付きで見て、言った。芙美江はサンルームのドアを音を立てて閉め、背をドアに凭《もた》れさせて立ち竦《すく》んだ。

ドアの向こうから、「もう来ないよ、きっと」と友江の声が聞こえてきた。「ほんと？」と雅美が訊いている。

「ああ、ほんとだよ、もう心配しなくてもいいよ、怖くないからね」

ドアを隔《へだ》てた向こうの声が、遠い記憶のなかの情景を思い起こさせた。ペット売場の藤沢の声ではなく、もっとずっと遠い日の出来事だ。痩せた大きな男が幼い芙美江を抱きすくめ、しきりに囁いた。

「怖くないからね、心配しないでいいんだからね」

「やだよ、パパ、やめてよ……」

芙美江は泣きわめいた。恐怖と憎悪の籠《こも》った目で、頭の上の金魚鉢を見ていた。あの金魚を殺してやろうと思った。

(そうか、パパが死んだ日に金魚も死んだんだっけ――)

あの時の自分の目と同じ目を、雅美がしている、と芙美江は思った。恐怖と憎悪の殻《から》の中に閉じ込められた雅美を救い出すには、あの男を殺すしかないのだ、と思った。それが母親の務めというものなのだ。

(どうやって殺そうかしら――)

芙美江の思念はそのことだけに集中しはじめた。翌朝、雅男と雅美を送り出して、寝室の片づけ、掃除、洗濯……家事を進めていくあいだ、ずっと、その考えに没頭しつづけていた。

(藤沢のアパートへ行って、乾杯するビールの中に毒薬でも入れてやろうかしら――。でも、その毒薬はどこから手に入れればいいのかな?――。パパが死んだのは、どんな毒を飲んだのかしら?――)

金魚の世話を終える頃には昼になっていた。いつもどおり、友江が手軽に拵《こしら》えてくれたチャーハンを食べながら、昼のニュースを観ていた。全国ニュースのあとにローカルニュースが流れる。

——けさ、東京・板橋《いたばし》のアパートで男の人が死んでいるのを、同じアパートに住む友人が発見して警察に届け出ました。この男の人は藤沢幸男さん二十四歳で……。

芙美江は眩暈がした。「もう来ないよ、きっと」と言っていた友江の声が蘇《よみがえ》った。友江は目の前で、テレビの画面を見ながら、黙々と箸《はし》を使っている。ゆっくりと、規則正しいリズムで口を動かしている顔は、いかにも平和で、どことなく金魚を思わせる。

それと同じ顔を自分も受け継いでいるのだと、芙美江は思った。

濡れていた紐

1

前夜遅くまでかかって書き上げた原稿を、朝一番で取りに来た編集者に渡して、さて、もうひと眠りするか——と思ったところに、電話が鳴った。

——お早うございます。

トーンを抑えたハスキーな声が言った。富士江里子《ふじえりこ》のマネージャー、岡本美知子《おかもとみちこ》女史である。

「よう、お早う、やけに早いな」

言いながら時計を見ると、まだ九時になったばかりだ。本来なら、この時間に起きていることのない僕に、電話をしてくるというのは珍しい。

「何かあったの？」

——ええ、大変なことが起きました。

大変——と言っている割には、岡本美知子の声からは緊迫感が伝わってこない。どういう場合もうろたえたりできない女なのだ。しかし、彼女が「大変」と言っているのだから、正真正銘、大変なことは間違いない。

「誰か死んだか？」

冗談で言って見たら、ズバリ当たった。

——そうなんです。里見《さとみ》プロデューサーが亡くなりました。

「えっ、里見さんが？……」

僕は驚いた。「ほんとかね？」

——ほんとうです。

「どうしたんだい？　腹上死か？」

あのセンセイならやりかねない——と思ったので、半分はマジで言った。

——先生。

岡本女史は冷淡な声で、たしなめた。

——自殺なさったのです。

「自殺？」

僕は思わず、あははと笑いだしてしまった。

「よせよ、くだらん冗談は」

――冗談ではありません。ほんとなんです。それで、先生に来ていただけないかと思って、お電話したんです。

岡本美知子の声は、あくまでも冷静で、しかも真面目だ。

「じゃ、ほんとに自殺したのか……」

あの、殺しても死にそうにない男が――と言いそうになった。

「よし、分かった。すぐに行くよ。で、そこはどこなんだ、里見さんの自宅か？　それとも、局のほうか？」

――それがちょっと遠いんです。出雲《いずも》です。

岡本美知子の話によると、里見プロデューサーとKテレビの一行は、昨日から出雲の鹿《しか》ノ湯《ゆ》温泉へロケーションに行っているということだ。富士江里子は、そのドラマのヒロインに抜擢《ばってき》された。

――じつは、江里子がぜひ先生に来ていただきたいって言ってるんです。ちょっと困ったことがあるもんですから。遠くて申し訳ないんですけど。

「困ったこと？　何だい、そりゃ？」

――それは、お会いしてからお話しします。

「OK、とにかくすぐ行きますよ」

鹿ノ湯温泉は、出雲空港から車で約一時間の距離にある。

羽田の空港ロビーで、Kテレビの山本《やまもと》編成局長と落ち合った。編成局長といえば放送局の現場のトップの地位だが、この山本局長は腰が低く、おとなしい好人物だ。ただでさえ寡黙《かもく》なところへもってきて、里見プロデューサーの死というショッキングな事件に沈みがちで、機上での会話は一向にはずまなかった。

道中、ほとんど雨催《もよ》いの天気だったが、飛行機が中国山脈の上を越えるところで、僅《わず》かな雲の切れ目から、重い緑色の山並みが覗《のぞ》いた。

「鹿ノ湯というのは、なかなか由緒のある温泉だそうじゃないですか」

僕はようやく話題にめぐりあった思いで、口を開いた。

「緑濃き山峡《やまかい》に抱かれ、伝説とロマンに満ちた、最後の桃源郷——というのが、ガイドブックの説明ですよ」

「はあ、そうですか……」

「ロケ隊の泊まっている仙雲閣《せんうんかく》というのは、ずいぶん格式の高い旅館で、昔は藩公のお墨付き、お留《と》め湯のようなものまであったそうです」

「はあ……」

「湯元の権利を独占していて、一般の旅館には『下げ湯』と称して、湯の使用を許可する慣習になっているのだそうです」

「はあ……」

山本局長は感心しているのか、うるさがっているのか分からないような相槌《あいづち》を打つばかりだ。こっちがばかばかしくなって、言葉を切ると、ポツンと言った。

「十何年か前に、仙雲閣へ行ったことがあります」

「へえ」と、僕は呆《あき》れてしまった。さんざんひとに喋らせておいて、なんのことはない、みんな承知していたのではないか。

「里見君と一緒でして」

「里見さんと？」

「ええ。向こうにウチの系列局がオープンするので、技術指導に行った際に、招待されて一泊しました。二人ともまだ、充分若かった頃です」

山本局長は、往時を懐かしむように、目を細めて、窓の外をじっと見下ろした。

「すると、里見さんが今回、仙雲閣へ行ったのは、その時の因縁があるのですかね？」

「いや、それはもちろん仕事が目的でしょうが。ただ、いつだったか、仙雲閣の新装オープンのパンフレットが届いたとか言って見せてくれた時、近いうちに行ってみたいような口ぶりでしたから、今度のドラマのロケ地を選定する際、その気持ちが働いていたということはあるかもしれません」

「だとすると、そこへ行って自殺されたというのは、やはり何かあるのと違いますか？」

「さあ、どうでしょうか……」

山本局長は、ふたたび寡黙の人となった。

出雲空港は、しとしと雨に濡《ぬ》れそぼっていた。車は西へ向かう国道を逸《そ》れ、ところどころアスファルト舗装の剝《は》がれた道路を、谷川沿いに杉木立の中をゆく。緩《ゆる》やかな登りにかかってから十五分ほどで木立が切れ、急に視界が開けた。

急峻《きゅうしゅん》な山襞《やまひだ》に囲まれた小さな盆地の底に、三十戸ほどの集落がひっそりと霧雨に煙っている。家々の半数は旅館か土産物《みやげもの》店らしいたたずまいで、どの家の庭にも百日草がいっぱいに花をつけていた。まさに「桃源郷」の雰囲気である。車はそういう風景の中へ、ゆっくり進んでゆく。

「あれが仙雲閣です」

山本局長が、正面の小高い峰を背に建つ、まるで城閣を思わせるような建物を指差して言った。

「ずいぶん古風な建築ですねえ」

「そうですね。外観は以前のままのようですが、中の造作は一新したとか聞いています」

道路際の「仙雲閣」と大書した門柱の脇には、合羽《カッパ》姿の警官が二人立って、車の乗り入れを制止している。そこで車を降りると、一般客は他の旅館を利用してもらいたい、というようなことを、地元なまりのある言葉で言う。われわれの身分を知ると、

「どうぞ」と挙手の礼をして通してくれた。

「妙ですね」と僕は山本局長に言った。

「は？」

「ただの自殺にしては、厳重すぎるとは思いませんか」

「はあ、なるほど……」

局長も不安そうに周囲を見回した。

門から車寄せまでは三十メートルあまりもあろうか。左右にある駐車場には、数台のパトカーが停まっている。この、ものものしさは、やはりただごととは思えない。

玄関を入ると、茄子紺《なすこん》地の和服に海老茶《えびちゃ》の帯というお仕着せを着た女中が飛んでき

て、赤いカーペットの上にスリッパを揃《そろ》えてくれた。

「先生、どうもすみません」

岡本女史が小走りにやってきた。「局長もご一緒でしたの」と、山本局長に向かって挨拶をしている。それから、さっきの女中に、「局長さんをテレビ局の方たちのところへ、ご案内して」と指図《さしず》しておいて、僕の腕を取った。

「江里子が待ってます」

女史に引っ張られるようにして、正面の階段を上がり、二階の少し奥まった部屋に入った。

廊下の赤いカーペットはあまりいただけないが、壁、天井など、館内の造作は気配りのゆきとどいた、なかなかのものだ。部屋は和風で、そこに洋風のバスとトイレが付いている。

座敷の障子を開けると、中庭に面した広い絨毯《じゅうたん》敷きの板の間がある。そこの籐椅子《とういす》の上で、富士江里子はぼんやり物思いに耽《ふけ》っていた。

「あ、先生」

僕の顔を見ると、江里子はベソをかいたような表情になった。

「どうしたんだい、やけに悄気《しょげ》てるじゃないか。恋人に死なれたわけでもないのに。

いや、それとも、江里子、里見さんに惚《ほ》れてたのかい？」

「冗談言ってる場合じゃないんです。わたしたち、疑われてるんですから」

「疑われている？　何を？」

「まだそこまではいってませんよ」

岡本が江里子を制して、

「江里子がそう思っているだけなのかもしれないんです」

「そんなことないわよ。絶対、疑ってるって言うのに」

江里子はむきになって、口を尖《とが》らせた。

「ちょっと待ってくれよ。その、疑っているとか疑っていないとかいうのは、いったいぜんたい、なんのこと？」

「犯人じゃないか、ってですよ」

「犯人？　というと、里見さん、自殺じゃなかったのか？　僕は美知子ちゃんに自殺だって聴いたよ。そうだよな」

振り返ると、岡本女史は頷《うなず》いた。

「ええ、警察の発表はそういうことになっています」

「というと、事実は違うってことかい？」

「そうじゃないんですけど、江里子がそう言い張るんです」

「だって、里見さんが自殺するはずないでしょうに」

「それはそうだな」

僕は江里子に同調した。

「あの里見さんに、自殺は似合わないよ」

「そんなこと仰言《おつしや》ったって、現実に自殺なさったじゃありませんか」

「だから、あれは自殺じゃないって言ってるでしょう。里見プロデューサーは殺されたんですよ」

「まあまあ、そう興奮しなさんな。だけど、江里子がそれほど力説するのは、よほどの確信があるからだと思うが、その根拠は何なんだい？」

「…………」

江里子は急に黙りこくった。岡本女史も同様だ。根拠がないということなのか、それとも、いわく言いがたい事情があるのか――。僕は後者のほうだな、と推量した。

「どうもよく分からないが……。それじゃ、仮に里見さんは殺されたものだとして、どうして江里子が警察に疑われなければならないのか、事件の最初から説明してくれよ」

僕は座敷のテーブルの前に坐り込んだ。そこへ、さっきの女中がお茶を運んできた。

「あ、ちょうどよかった。この方なんです。第一発見者は」

江里子が言った。とたんに、それまで愛想《あいそ》笑いを浮かべていた女中が、冷《さ》めた顔になった。おそらく、さんざん警察の事情聴取にあって、いいかげん、事件の話にはうんざりしているにちがいない。

「ねえ、お願い。その時の話、先生にしてあげてくださらない」

江里子が言うと、「はあ……」と煮えきらない態度を示した。

「いいでしょう?」

「はあ、でも、お帳場に訊《き》いてみませんと」

「それなら、わたしのほうから断っておく」

言うなり、江里子は帳場に電話した。

「十分ばかりならいいですって。手短でいいから、話してください」

客の頼みを断るわけにもいかず、女中は観念したように坐り直した。

2

仙雲閣の女中・並木京子《なみききようこ》が異常に気付いたのは、朝の八時過ぎであった。京子は昨夜、里見から八時に起こすように言われていた。Kテレビのロケ隊のスタッフは、暗いうちに起きて撮影の現場へ出発する予定だったのだが、里見は、自分の役割である、現地の役場などとの折衝を昨日のうちに終えていて、ロケ隊と行動を共にする必要はなかったから、出演者と一緒に、遅れて出発することになっていたのだ。

もっとも、ロケ隊のほうも天候が悪く、出発を見合わせて、全員が一階の大広間に待機していた。

並木京子は言われたとおりに、午前八時ちょうど、里見の部屋にモーニングコールをしている。だが、いくら待っても相手が電話に出る様子がない。トイレにでも入っているのかと思い、しばらく経《た》ってから電話したが、やはり同じで、三度目になって、京子はようやくいやな予感がしてきた。念のために、里見が大広間のほうへ行っていないか確かめてみてから、番頭と一緒に、マスターキーを持って部屋を訪れた。

里見の部屋は二階の最奥部、中庭に面して大きな出窓のある、仙雲閣では最上の部屋である。十六畳の主室に八畳の次の間が付いていて、総檜《そうひのき》の純和風の湯殿《ゆどの》が自慢だ。

並木京子は数回ノックしてみて、応答がないので、番頭に相談して、とにかく中に入ってみよう、ということになった。

鍵《かぎ》を回し、ノブを引く。その際、鍵は確かにロックされていたことを、後に京子は警察に証言している。もっとも、鍵は内側のノブの真ん中にある突起を押しておけば、外からドアを閉めても自動的にロックされる仕組みだから、そのこと自体にはあまり重要な意味はない。

ドアは手前に僅かに引くことができたけれど、内側から抵抗を受けて、それ以上は動こうとしない。一センチばかりの隙間から覗くと、備えつけの浴衣《ゆかた》の帯がノブに巻きついているのが見えた。帯紐《おびひも》の一方の先は、欄間《らんま》のほうへ向かって延びている。

「なんだろう?」

番頭は不安そうに言った。どういう理由があるにしても、これはふつうではない。

京子は調理場から包丁を借りてきて、帯を切り、ドアを開けて、番頭より先に部屋へ足を踏み入れた。その際、番頭が帯紐をノブから解《ほど》こうとするのを、京子が制している。

「それ、そのままにしておいたほうがいいのと違うかしら」

「そやな」

番頭は思いとどまった。

ドアの向こうは半坪ほどの沓脱《くつぬ》ぎになっている。スリッパが一足、几帳面《きちようめん》に揃えて脱いであった。低い式台を上がると、カーペットを敷いた細長い小部屋があり、突きあたりに湯殿と洗面所のドアが見える。左側の座敷に入る襖《ふすま》のうち、一枚だけが引かれていて、その真上の欄間から、帯紐が二枚繋《つな》ぎになって、長々と垂れ下がっていた。

襖の中を見ると、八畳の次の間には、乱れた気配はない。点《つ》けっ放しの明かりの下に、紫檀《したん》の座卓が鈍い光を湛《たた》えていた。

「お客さま、お目覚めでしょうか？」

声をかけながら、京子は番頭の前に立って進んだ。番頭は男のくせに臆病で、京子のあとからついてくる。

奥座敷の襖を引くと、部屋の中央に人気《ひとけ》のない夜具がのべられたままだ。

「お出掛けのようですわ」

いくぶんほっとして、部屋を見回した京子が、次の瞬間、奇声を発して敷居の上にへたり込んだ。

里見は、床の間の上にある欄間の透かし彫りに通した帯紐で、首をくってぶら下がっていた。

「里見プロデューサー自殺！」の報は、番頭の口から仙雲閣主人の朝倉健一《あさくらけんいち》へ、そしてKテレビの小林《こばやし》ディレクターへと伝えられた。ロケ隊はほとんど全員が大広間に顔を揃えていたから、朝倉と小林の会話を聴いた途端、総立ちになって、大混乱のうちに里見の部屋へ殺到した。

そして、いままさにドアの中に乱入しようとした時、里見の部屋から現れたのが、富士江里子だったのである。

「たいへん、里見さんが死んでる……」と江里子は言ったつもりだという。しかし、大勢が聴いたのは、何やらうわごとみたいな声にすぎなかった。江里子は部屋の外へ出ると、吐き気を抑えながら、自室へ戻り、それと入れ代わりに、群衆がなだれ込もうとした。

「ちょっと待った」

小林ディレクターが、危うく制止した。

「一応、警察が来るまで、現場に手をつけないほうがいいかもしれない」

「しかし、もしかすると、里見プロデューサーはまだ助かるかもしれない」

誰かが言った。

「よし、じゃあ、僕ともう一人、誰か入ることにしよう」

進行係の横沢《よこさわ》という男が前に出た。小林は横沢を伴うと、ドアのノブには触れないようにして、中に入った。

里見の死体は完全に冷えきっていて、素人目にも、死後、かなりの時間を経過していることは分かった。小林は待ちうけた者たちの前で、悲痛な顔で首を振ってみせた。

少し遅れて、駐在の巡査がやってきた。地元の警察から本隊が来たのは、それからさらに三十分後である。早速、型どおりの鑑識作業が進められる。嘱託医《しょくたくい》が検死して、ようやく死体が下ろされた。

遺体は死後五、六時間を経過していた。つまり、深夜の二時前後の二、三時間のあいだに死亡したということだ。

死因はむろん、縊死《いし》である。遺書の類《たぐい》は発見できなかった。

指揮に当たっている刑事課長は、久米《くめ》という警部で、死んだ里見と、その仲間がテレビ局の人間と知って、慇懃《いんぎん》な態度で接してくれた。自殺の動機などについて、ひとわたり関係者に訊いたが、誰にも心当たりはない。それどころか、スタッフは降って湧いた大事件に困惑しきっていた。

「なんとか、病死扱いにしてもらうわけにはいきませんかねえ」

小林ディレクターは世間体を考慮して、警察に頼み込んだ。それは本社に報告した際、山本編成局長が吹き込んだ智恵《ちえ》でもあった。

さすがに、警察はこれを拒否した。

「すでに、新聞社のほうでもキャッチしていますからねえ、隠しとおすわけにはいきませんよ。しかし、状況から見て、まず自殺に間違いないと思われますので、死体の検案も形式的なものになるでしょう。かりに解剖するとしても、遺体をそれほど傷めることもありませんし、済みしだい丁重にお戻しします。ご家族にもその旨、お伝えください」

現場保存要員を数名残して、久米は遺体と一緒に引き揚げて行った。

3

「なるほど、大体の状況は分かったよ」

並木京子の説明が終わって、京子が部屋を出て行くのを見送ってから、僕は言った。

「だけど、いま聴いたかぎりでは、べつに江里子が心配するようなことはないんじゃないかな。里見さんの死は立派な……というのはおかしいが、自殺であることははっきりしていると思うがねえ。だって、その部屋は完全な密室だったのだろ？　ドアが開かないように、ノブの内側に帯紐が結んであったという女中の証言が嘘《うそ》でないかぎりはね」

「ええ、それはそのとおりかもしれませんけど、でも、里見さんが自殺なんかしっこないってことも、それと同じくらいはっきりしているんです」

江里子は頑強に言い張る。岡本女史は肩を竦《すく》めてみせた。

「どうもよく分からないなあ。いったい、何でまた江里子はそうまで断定的に言えるんだい？」

僕が苛立《いらだ》って訊いても、江里子は世にも不愉快な顔をして、黙っている。岡本女史も苦い顔だが、沈黙しているわけにもいかないと諦《あきら》めたように、言った。

「江里子、言ってもいいでしょう。だって、それを言わなきゃ、先生に分かってもらえるような説明ができないもの」

江里子は不承不承《ふしようぶしよう》、首を縦に振った。

「昨夜、江里子はあぶなく暴行されかけたんですよね」

女史は吐き捨てるように言った。聴いている僕も、顔を顰《しか》めた。

「里見プロデューサーにか?」

「ええ」

「やりかねないね、あの男なら」

里見が仕事を餌《えさ》に、若い女性タレントをモノにしているという噂《うわさ》は、もはや噂の域を出て、周知の事実であった。里見には妻も娘もいるのだから、それは一種の病気のようなものかもしれなかった。

「そうか、それで彼はロケ隊についてきたってわけか」

里見はすでにプロデューサーとしては幹部クラスだ。なにも、ロケ隊にくっついて、現場まで出掛けてくることはないのである。その目的が江里子にあったとしても不思議はない。それ以上聴かなくとも、どういう事態が起きたかは、容易に想像できた。

演技に対する注文がある——という口実で呼びつけた江里子を、里見はいきなり抱きすくめたのだそうだ。

「あとで知ったんですけど、あの部屋、特別室だとかで、少しぐらい騒いでも外に聴こえないんですよね。それに、女優がそんなことでギャーギャー騒ぐのはみっともないし、わたしは必死で抵抗しながら、正直、もう半分諦めかけたんです」

「おいおい、そんなにかんたんに諦めるのなら、僕が先にそうしてるよ」

「先生なら、抵抗なんかしませんよ」

危急存亡の時だというのに、江里子はサービス精神を失っていない。しかし僕は、そういう軽口を言う江里子の表情に、悲しい気配の流れるのを見逃さなかった。「女優が――みっともない――諦めかけた」という一連の言葉の中には、まだ駆け出しの「女優」でしかない江里子の辛《つら》い想いが滲み出ている。里見プロデューサーが今度の連ドラに富士江里子を抜擢した裏には、じつはそういう邪悪な目的があったと認めるのは、女優としてのプライドが許さない。騒ぎたてて人を呼べばその事実を公表するようなものだ。そのことと、里見を怒らせて、せっかくの晴れ舞台を棒に振ることへの虞《おそ》れとが、江里子の抵抗にためらいを生ぜしめたにちがいない。それをすべて承知の上でのことだけに、里見の行為は許せない、と僕は思った。

「でも、あわや、という時、電話が鳴ったんですって」と、岡本女史が助け舟を出すように言った。いや、実際、その電話のベルが江里子を危機から救うことになったのだ。里見は気勢を殺《そ》がれて江里子を解放した。

「なんだ、それじゃ、殺しの動機になるような被害は受けなかったんじゃないか」

「わたしの言ってるのはそういうことじゃないんです。要するに、暴行をしようというぐらいの人が、その直後に自殺なんかするはずがないって言ってるんです」

「そりゃ分からんさ。江里子にふられたショックが原因かもしれない」

「ふざけないでください」

江里子はマジで僕を睨んだ。

「悪い悪い。しかし、僕は、かりに江里子の言うように、里見さんは殺されたものとしても、容疑が向けられるような動機は、江里子には何もないってことを言いたいんだよ」

「ええ、それはそうなんですけど。でも、あの部屋が密室だとすると、唯一の容疑者はわたしっていうことになるんですよね」

「どういうこと？」

「だって、帯紐でドアが開かない以上、犯人の逃げ道は窓しか考えられないでしょう？」

「えっ？　窓には内側から鍵がかかっていたんじゃないのかい？」

「警察が調べた時には鍵がかかっていましたけど、その前には、女中さんも番頭さんも、誰もそのことを確認していないんです」

「しかし、だからって、べつに問題はないじゃないか」

「問題はありますよ」

江里子は悲しい顔をした。

「窓から逃げた犯人が、あとで、もう一度部屋に入って、窓に鍵をかけたとしたら」

「ということは、女中と番頭が死体を発見したあとという意味かい？　しかし、そんなチャンスが犯人にあったとは思えないがねえ。女中と番頭はすぐ人を呼びに行ったのだし、彼等がいない時には江里子が……」

そこまで言ってから、僕はようやく気がついた。

「そうか、それで江里子が……」

「そうなんです。わたしが部屋に入って、窓に鍵をかけることはできたんです」

「だけど、江里子はまた、なんだって里見さんの部屋に入ったりしたんだい？」

「昨夜、里見さんの部屋にセカンドバッグを置いたまま逃げだしちゃったんです。それを取りに行かなくちゃ、と思っていた時、なんだかひどい騒ぎで駆けだす音がしたもんで、廊下に出てみると、里見さんの部屋のドアが開いていたんです。それで、このチャンスと、バッグを取りに入って手にしたら、上から死体がぶらさがっていた……」

「そうか、そこへちょうど、みんながやって来たっていうわけか。よく分かるよ、たしかに、聴いてみると、江里子の置かれている状況はかなり不利なようだ。しかしねえ、いくら江里子が心配したって、警察が自殺だと思っている以上、それは取り越し苦労というもんじゃないかな」

「そうなんです」

岡本女史が力なく言った。

「私もそう思って、先生にお電話した時も、わざわざ先生に来ていただくのはどうかと思っていたんです。ところが、あれから何時間かして、いったん引き揚げた警察の人たちがここに戻ってくると、江里子の心配が現実になりそうな気配も出てきたんですよね」

「ふーん、どうしたっていうの？」

「解剖した結果、どうやら里見さん、睡眠薬を服《の》んでいたらしいんです」

「睡眠薬を？」

「ええ、それも、かなりの量だったとか言ってました」

「すると、里見さんは睡眠薬を服んで死ぬつもりだったのかな」

「いえ、そこまでの量ではなかったみたいです。ただ、死亡推定時刻には、すでに睡眠薬の効果が出て、ぐっすり眠っていたとしても不思議はないかもしれない、というようなことを刑事課長が言ってました」

「眠っていた……。なるほど、じゃあ、首を吊《つ》るなんてことはできないわけだ。つまり、そうすると、他殺か……」

「でも、まだ睡眠薬が効く前だった可能性もあるんです」

岡本は慌てて言い添えた。

「そんな気休め言わないでよ」

江里子はあくまでも悲観的だ。

「あれは、間違いなく、睡眠薬で眠らせておいて、首に紐をかけて吊るしたんです。警察だって、そう判断してるに決まってるわよ」

「しかしねえ、江里子の力じゃ、里見さんを吊るすことはできないんじゃないかな。警察にも、そのくらいは分かるだろうよ」

「もちろんわたし一人じゃ無理ですけど、二人が協力すれば……」

江里子は言って、岡本女史のほうへ視線を向けた。

「なるほど、美知子ちゃんと共同作業なら、なんとか吊るせそうだな」

「感心している場合ではありません」

岡本女史は憂鬱《ゆううつ》そうだ。

「もし、江里子の言うように、警察が私たちを疑っているようなら、先生以外に頼る人はいないんですから」

「それは光栄だが。しかし、いま聴いたような状況だと、警察どころか、僕だってきみたちを逮捕しちまうだろうな」

「なんて情けないことを言うんでしょう。それが推理作家の言う言葉なんですか？」

「いいのよ、岡本さん」

江里子が女史を宥《なだ》めた。

「先生がそう思うのは無理ないもの。だけど先生、わたしたちのために、少しは動いてくださるんでしょう？」

「そりゃもちろんだよ。そのために来たんじゃないか」

「それを聴いて安心しました」

江里子の顔に、はじめて笑いが浮かんだ。

「じつを言うと、わたしが先生に来ていただいたのは、時間が欲しかったからなんです」

「時間？　なんだい、そりゃ？」

「犯人をつきとめるための時間です。警察の取り調べを受けていては、自由がきかないでしょう？」

「というと、つまり、江里子が犯人を見つけ出すってことかい？」

「まあ、そういうことです」

「ふーん……。しかし、そんなことができるのかい？」

「まだ分からないけど。でも、自分で探すしか、救われる方法はないでしょう？　先生だってわたしたちを逮捕するっていうくらいなんですもの」

「そう言われると、はなはだ辛い」

「いいんです。その代わり、わたしの頼みを聴いていただくから」

それから江里子が僕に説明した「頼み」というのは、まったく奇妙な話だった。

4

一階の奥の部屋が、臨時の取り調べ室になっていた。事情聴取を終えた者に訊いてみると、警察は少なくとも表面上は、まだ自殺ということで捜査を進めているらしい。ただ、それとなく、江里子と里見の関係を訊き出そうとしているニュアンスも感じ取れた。

「ほう、推理作家の井沢軽太郎《いざわけいたろう》先生ですか。お作は愛読させていただいております」

久米警部は僕の名刺を見て、お世辞を言った。

「それは光栄です。しかし、捜査の専門家の目から見ると、推理小説など、片腹痛いでしょうねえ」

「いえいえ、先生の作品はシリアスな本格物ですから、われわれ捜査官としても教えられるところが多いですよ。ぜひお智恵を貸していただきたいものです」

たとえお世辞にしても、江里子が想像したとおりのことを警部が言ったのには、僕は驚いてしまった。「先生の口から言えば、警察も多少は動く気になるかもしれない」と江里子は言っていたのだ。

「ところで、警察は自殺というふうに判断しておられるそうですね」と僕は言った。

「ええ、まあ、そうですが」

「睡眠薬を服用していたと聴きましたが」

「そのとおりですが、自殺する際に睡眠薬を服用するケースもないわけではありません」

「しかし、死亡推定時刻には、眠っていた可能性もあるのでしょう？」

「いや、それはあくまでも可能性の問題でして、そうだとは断定できておりません」

否定的なことを言っているが、どこか奥歯に物の挟《はさ》まったような口調は否《いな》めない。

「自殺だとすると、動機は何なのです？」

「目下調べ中です。ご家族を含めて、これまで事情聴取をしたかぎりでは、動機になるようなことは考えられないと言ってますよ。しかし、ただそれだけでは、自殺を否定する根拠にはなりませんのでして」

「それは、やはり、現場の状況が密室だったから、という理由によるものですか？」

「ええ、まあそういうことです」

「しかし、その密室というのは間違いないものでしょうかねえ」

久米警部は、急に愛想のない目になって、ジロリと僕を睨んだ。

「そう仰言るのは、何かお心当たりがあるのでしょうかな？」

「たとえばですね、ドアに結んであった帯紐ですが、あれがつまり、密室を完成させる決め手になっているわけでしょう？」

「まあ、そうです」

「その帯紐の長さを、計ってみましたか？」

「えっ？……」

久米は驚いて僕を見て、次に、その目を脇に控えている部長刑事に向けた。部長刑事氏は、久米に負けないくらい、目を見開いている。しばらく睨めっこをしてから、久米は僕のほうに視線を戻して言った。

「その、帯紐の長さがどうかしましたか？」

「つまりですね、あの密室がもし偽装工作だとすると、それを証明する緒《いとぐち》は、あの帯紐にあるような気がするのですよ。たとえばですね、あの紐を濡らして乾かすと、いったいどのくらい縮むものだろうか――といったようなことです。仮に収縮率が二パーセントだとすると、二本分の紐の長さが三メートルならば、約六センチも縮むことになります。それに、濡れている時には無理して引っ張れば、多少は伸びるでしょうから、それより二、三センチは融通がきくかもしれません。これなら、廊下側から手を突っ込んで、ノブに結びつけることは可能でしょう」

「驚きましたなあ……」

久米はオーバーに感嘆してみせた。

「じつを言いますと、われわれもまったく同じことに着目したのですよ。しかし、素人の方がそこまで考えつかれるとは、さすがに推理作家の先生だけのことはあります」

「いや、なに、そう褒《ほ》められると……」

これはすべて江里子のさしがねだから、僕はすこぶるバツが悪い。

「ご指摘のとおり、紐の長さは調べました。と言いますのは、確かに、いま先生が言われたように、あの紐にはまだいくぶん湿りけが残っていたからなのです」

「ほうっ、そうですか。それで、調べた結果は？」

「確かに短かったのです。それもピタリ六センチ」

「えっ、うそっ、いや、ほんとですか？」

ご指摘した本人がたまげていては、しまらないことおびただしい。

「本当です」

久米警部は重々しく頷いた。

「正直言いますと、警察としては、一応、自殺と発表しましたが、他殺の可能性もあるものとして捜査を進めているのです。それは、里見さんが睡眠薬を服用しておられたという点もありますが、それ以外に、一見、密室のように思える現場が、いまの帯紐の件ばかりでなく、ほかにも疑うべき点があるためなのです」

「たとえば、窓の錠は、女中さんと番頭さんが死体を発見したあとでロックした可能性がある――といったようなことですか？」

思わず口を滑《すべ》らしたとたん、久米と部長刑事の目が鋭く光って、言い合わせたように、唇をへの字に結んだ。ほとんど気まずいといっていいような沈黙が、しばらく流れた。

「いよいよ驚きましたなあ……」

久米は溜息《ためいき》とともに、言った。

「そこまで推理されては、警察の立つ瀬がありません」

「すると、そうなのですか、ほんとに？」

「いや、事実関係は目下調べ中ですが……。ところで、先生にお願いですが、そういったことについて、ほかの人にはお話しにならないでいただきたいのです。妙な噂でも立つと、今後の捜査に差し障りが生じるばかりでなく、思わぬ方に迷惑がかからないともかぎりませんので」

「その思わぬ方――というのは……」

「富士江里子ですか？」と言いそうになって、慌てて口を塞《ふさ》いだ。

「え？　いや、たとえばの話ですよ。率直に言って、現段階で完全にシロと断定できるのは、先生と山本局長さんのお二人だけなのですから、くれぐれも慎重なご配慮をお願いします」

久米警部は深ぶかと頭を下げた。

なるほど、確かに、密室の線が崩れるとなると、久米の言うとおり、容疑の対象はかなり広範囲になる。江里子と岡本女史だけが怪しいというわけでもなさそうだ。僕はひとまずほっとすると同時に、ロケ隊のスタッフや出演者の中の誰に殺人の動機があるか、あれこれ思い巡らしてみた。

里見は仕事に関しては優秀だが、人間的にはかなり問題のある男だ。女癖の悪さはその代表的なものだが、部下やスタッフの中にも里見を毛嫌いしている者が多い。小林ディレクターだって、自分の可愛がっていた新人女優をダメにされた恨みがあると聴いた。今回のロケに来ている石塚奈美子《いしづかなみこ》も、かつて里見の毒牙《どくが》にかかったタレントの一人だ。その里見が、今度は仕事上のライバルである富士江里子とただならぬ関係になろうとしているのを見ては、心中おだやかでなかったとも考えられる。それ以外にも、ざっと思い浮かべただけで、五、六人の名前を上げることができそうだった。

いや、この僕にしたって、まんざら動機がないわけではない。僕の作品が連続ドラマの候補にのぼった際、里見が徹底的に作品の悪口を言ったために、あえなくボツになったという噂を聴いたことがある。その上、江里子までもモノにされたんじゃ、いよいよ黙ってはいられなかっただろう。僕に殺意が芽生える前に死んでくれたのは、幸運と言うべきかもしれなかった。

久米警部のところから出てくると、Kテレビの若いのが食事に呼びに来た。大広間へ行くと、宴会風に膳《ぜん》が並んでいた。もっとも、膳を前にした顔はどれもこれも湿っぽい。

飛行機の中でサンドイッチを食べたきりの僕としては、大いに食欲があったのだが、膳の上の料理を見てげんなりした。出されているのは、旅館の心尽しなのだろう、れっきとした（?）精進料理だったのである。

僕は折角、上座に設《しつら》えてくれた僕の席を素通りして、廊下へ出た。そこにいた女中を掴《つか》まえ、刺身か何か見繕って、部屋のほうへ持ってきてくれるように頼んだ。こういう、堪《こら》え性《しょう》のないところが僕の致命的な欠点で、結婚後、わずか五ヵ月半にして嫁さんに逃げられたにもかかわらず、いっこうに改めようとしない頑迷さの持ち主でもある。

部屋で待っていると、女中が膳を運んで来てくれた。ぽっちゃりしたいい娘である。頼みもしないお銚子《ちょうし》が三本、膳の上に載っているのも気がきいている。

「このお銚子は、社長からお近付きのご挨拶だそうです。あの、お客さまは小説家の先生なんですってね。あとで色紙にサインをしていただきに来ると言ってました」

女中はそう言いつかって来たのだろう、忙しいからいいと言うのに、膳の脇に座ってお給仕をしてくれた。地酒を飲《や》り、いい気分になっているところに、江里子がやってきた。

「あっ、先生、ずるい。どこかへ消えたと思ったら、自分だけお刺身なんか食べて」

「あたりまえだ。折角、出雲まで来て、魚を食わない馬鹿がいるもんか。それより、ここに座って、一杯付き合えよ」

「いいのかなあ、みんなに悪いわよ」

「構うもんか。それに、例の一件の話もあるし」

「そうか。じゃあお姐《ねえ》さん、あとはわたしがするからいいわ」

女中が出て行くのを待って、僕は警察が帯紐の短かったことを調査済であることを話した。

「そうですか。さすがですね」

「江里子の言ったように、殺人事件の疑いもあると見て、内偵を進めるつもりらしいな。僕と山本局長を除く全員に、犯行の可能性があると言っていた」

「やっぱしね……」

「ところで、江里子には犯人の心当たりがあるんじゃないのか？」

「ええ、ぜんぜんなくはないけど……」

「それは誰なんだ？　教えてみろよ」

「まだだめですよ。動機が分からないんですもの」

江里子は、僕が注《つ》いでやった茶碗酒《ちゃわんざけ》をゆっくり飲んだ。「ちぇっ、もったいぶりやがって……」と僕がボヤいた時、仙雲閣の朝倉社長が訪ねてきた。

「お邪魔してよろしいでしょうか」

戸口で跪《ひざまず》いて、訊いている。どうぞどうぞと招じ入れた。色紙を二枚持ってきていたので、僕と江里子がそれぞれにサインをした。

「とんだご迷惑をおかけすることになりましたねえ。お客さんをよそに回したり、大損害でしょう」

「いえ、いまは端境期《はざかいき》ですから、それほどのことはございません。どうぞお気遣いなく」

代々、仙雲閣を経営してきたというだけあって、なかなか品のいい顔立ちをしている。それに、立居振舞《たちいふるまい》にも風格があった。僕と同じくらいの年恰好だが、ずっと年長者のように見える。

「そんなことより、久しぶりにお目にかかった里見さまがお気の毒なことになられて、残念でなりません」

朝倉社長は暗い顔で、僕に向かって頭を下げた。

「そうそう、十何年ぶりだそうですね。その時は山本さんが一緒だったとか聴きました」

「はい、十三年になりますです。不思議なご縁で……」

そう言うと、朝倉は丁寧に礼を述べて、帰って行った。上品なだけに、湿っぽい様子をするのを見ると、こっちまで憂鬱になる。

入れ代わりに、女中が膳を下げに来た。

「上品な、いい社長さんだねえ」と僕がお世辞を言うと、「はい」と大きく頷いた。

「いい方です。ご家族がいないせいか、従業員を身内みたいに大事にしてくれます」

「へえー、家族がいないって、じゃあ、独り者なのかい、あの社長？」

「ええ、奥さんを亡くされてから、ずっと独身なんだそうです」

「すると、跡継ぎはいないってことか。もったいないな。仙雲閣はどうするつもりなのかねえ」

僕は余計な心配をした。

そこへ、今度は岡本女史がやってきた。

「なんだ江里子、やっぱりここにいたのね。大広間じゃ大変な騒ぎよ。スタッフたちが警察ともめているの。先生、なんとかしてあげてください」

こっちはほろ酔い気分で、顔を出すのは気がひけたけれど、とにかく行ってみると、なるほど、久米警部を摑まえて、小林ディレクターを中心とするスタッフ連中が、何やら食い下がっている。

「こんな状態じゃ仕事にならないので、明日の朝、東京へ帰りたいんですが、警察はどうしても、午前中いっぱいはここに待機していてもらいたいって言うんですよ」

小林は警察にあてつけながら、僕にこぼした。久米警部は不愉快そうにそっぽを向いている。誰がなんと言おうと、テコでも動かない顔だ。その時、江里子が警部に向かって言った。

「都合のいい人以外の、お忙しい人には帰っていただいてもいいんじゃありませんか？　もちろんわたしは残りますけど……」

「しかしですなあ……」

久米が何か言おうとすると、江里子は久米の耳に口を寄せて、一言二言、囁《ささや》いた。

とたんに、久米は驚いて、部下と一緒にあたふたと大広間を出て行った。

「何を言ったんだい？」

僕が訊くと、江里子は「いまに分かりますよ」と、ニヤニヤ笑っている。なるほど、かなり待たせてから、久米警部が戻ってきて、「明日の朝、出発して差支えありません」と言った。そして、江里子の顔を薄気味悪そうな目付きで、斜めに見た。

みんなと離れたところへ江里子を引っ張っていって、僕は久米の耳に何を吹き込んだのか訊いた。

「警部さんには、帯紐の長さを調べてみなさいって、言ったんですよ」

「え？　それはさっきの話だろ。紐が短いのは、警察でもすでに確認済だって言ったはずじゃないか」

「ええ、紐が短いってことは知ってるでしょうけど、それが短くなったものか、それとも、元々短かったものかは、警察はまだ確認していなかったはずです」

「なんだって？……」

僕は開いた口が塞がらない。

「それじゃ、あの紐は最初から短かったとでも言うのかい？」

「そうだと思います。ほかの紐と精密に比較し直してみて、そういう結論が出たもんで、もう、みなさんを拘束しておく必要がなくなったんじゃないでしょうか」

「なんてこったい。それじゃ、里見さんはやっぱり自殺だったのか」

「そうじゃありませんよ。まだ一人、肝心なのを忘れちゃいませんか？」

「そうか、江里子がいたか……」

「それに、岡本さんもね」

江里子はいたずらっぽい目で、僕の混乱を眺めていた。

「驚いたやつだなあ、いったいどういうつもりなんだ？　帯紐のトリックがあるために、容疑の対象が分散していたのに、そんなことをしたら、わざわざ容疑を自分だけに集中させる結果になるじゃないか。まさか逮捕されたりはしないだろうけど、下手すると、十日ぐらい足留めを食らうかもしれないぞ」

「大丈夫ですよ。わたしたちも明日の午後には東京へ帰ります」

何を考えているものやら——、江里子は自信たっぷりに言い放った。

5

翌朝、ロケ隊のほとんどが引き揚げて、残ったのは、山本局長と小林ディレクター、それに僕と岡本女史と江里子の五人だけだ。

皆を見送ったあと、大広間の隣の洋風の部屋に屯《たむろ》することになったのだが、ふと気がつくと、江里子の姿が見えない。そこへ、久米警部が部下を数人連れて現れた。

「富士江里子さんはどちらですか？」

むろん、江里子の行き先は誰も知らない。久米は急に慌てだした。部下に耳打ちして、何人かが部屋を飛び出した。

どうやら、警察ははっきり江里子を重要参考人として追及しようとしているらしい。おそらく、連中は道路封鎖でもするつもりなのだろう。だから言わないことじゃない。

久米警部は椅子に坐って、膝小僧《ひざ》を貧乏ゆすりしながら、部下からの報告の届くのを待っている。なんだか不穏な気配が漂うのを感じるせいか、誰も口をきかない。

三十分近くも経過しただろうか。電話が鳴って、山本局長が受話器を取った。

「警部さん、ここの番頭から電話です」

久米は電話に飛びついた。

「えっ、帰ってきた？　どうもありがとう」

脱兎《だつと》のごとく走りだすあとに、僕が続き、ほかの連中もついてきた。玄関ロビーに番頭が出ている。久米は嚙《か》みつきそうに訊いた。

「おい、富士江里子はどっちへ行った？」

「はい、女中に見に行かせたのですが、富士さんはあの、例のお部屋へ入られたそうです」

番頭は二階を指差して言った。

「なんだって？」

久米は驚いたが、すぐに行動に移った。

警部、僕、山本、小林、岡本、それに番頭の順に階段を上り、二階の最奥部、里見プロデューサーが死んだ部屋を目指した。

久米がドアのノブを握った。

「ちっ、鍵がかかっている」

僕はたまらず、中に向かって叫んだ。

「おい、江里子。僕だ、井沢だ。警部も一緒だ。逃げて……、いや、開けてくれ」

「なんてことを！」

久米は凄《すご》い目で僕を睨んだ。その緊迫したムードを笑うように、中から、「あ、先生、ちょっと待ってください」と、江里子の呑気そうな声が聴こえた。

外にいる者は、たがいに呆れた顔を見合わせた。しかし、とにかく江里子が中にいることが分かって、久米警部もひと安心したらしい。ところが、ちょっと待って――と言ったきり、ドアはいっこうに開く気配がない。

「番頭さん、すまないが、マスターキーを貸してください」

久米は苛立った。何か証拠湮滅《いんめつ》でもされてはかなわないと思ったのだろう。

番頭が持ってきた鍵を回すと、カチャッとロックの外れる音がした。しかし、ドアは僅かに手前に引くことができただけで、それ以上は開かない。

「この前の時と同じです」

番頭は蒼《あお》ざめて、いまにも泣きだしそうな顔をした。

「構わん、引き破ろう」

「それは困ります。欄間の彫物が壊れてしまいます」

これもまた、前回同様、調理場から包丁を持ってくることになって、番頭は夢遊病者のような足取りで去り、警部の貧乏ゆすりはますます激しくなった。

やっとのことでドアが開き、それっ、とばかりに部屋に入ろうとするのを、久米は大手を広げて制止した。

「みなさんはここにいてください。何かあるといけない」

言われてみると、室内の様子が変だ。物音ひとつしないし、人のいる気配もない。

（そうか、江里子のやつ、窓から逃げ出したのか——）

そう思いながら、僕はなぜか、ふっと不吉な予感が胸を過《よぎ》るのを感じた。

「江里子ちゃんはどうしたのでしょう？」

事情をまったく知らない山本も、何かを感じるのか、心細い声を出した。

ドアに首を突っ込むようにして、皆が待っていると、次の間への襖の向こうから、久米が妙な顔をして現れた。

「おかしいな……」

狐《きつね》につままれたような目でこっちを見て、それから湯殿とトイレのドアを開けて、中へ入って、すぐに出てきた。なにやらブツブツ呟《つぶや》いている。少なくとも死体を発見した様子には見えないことに、僕はひとまず安心した。久米はふたたび座敷のほうへ入って行った。かなり狼狽《ろうばい》しているのは、押し入れの戸を開ける音の手荒いことでも分かる。いよいよ何か異変があったにちがいない。僕は我慢しきれなくなった。

「江里子はいないんですか？」

叫んで、一歩、中へ踏み込もうとしたとたん、僕の肩を後ろから叩く者がいた。

「何かあったんですか？」

瞬間、幽霊の声を聴いたように、全員が総毛立った。必死の思いで振り返った僕の目の前に、まぎれもなく、あの富士江里子の笑った顔があった。

「ど、ど、どうして、ここに？……」

「まあ、中に入りましょうよ」

江里子は僕たちを掻《か》き分けるようにして、部屋へ入って行った。その顔を見て久米警部がひっくり返りそうになった。

「あんた、たしか、中にいたはず……」

あとは絶句した。窓には全部、鍵がかかっている。まさに事件当時、そっくりそのままの状況であった。

「さて、何からお話ししたらいいのかな」

江里子は床の間を背に坐った。それに向かい合うように、全員が座卓を挟んで坐る。なにやら、大スターの記者会見風であった。

「さっき、わたし、墓地へ行ってたんです」

「墓地へ？　何しに？」

「動機を探しに、です」

「動機って、殺人のかい？」

「ええ。わたし、事件の動機が何なのかっていうことだけが分からなかったんですよね」

「それが、墓地へ行くと分かるのかい？」

「ええ、分かりましたよ。思ったとおり、十三年前に亡くなった女性のお墓があったんです。いま確かめたばかりですけど、その女性は里見プロデューサーを恨んで自殺なさったんだそうです」

「…………」

僕は言葉を失った。いや、僕ばかりではない。山本局長も小林ディレクターも岡本女史も、江里子が言った「女性の恨み」がどのようなものであるか、おおよその察しがつく。

「すると、里見さんはその女性の怨恨《えんこん》によって殺されたっていうことですか？」

久米警部が、やや焦《あせ》りぎみに訊いた。

「そういう訊き方をすると、なんだか、女性の幽霊が里見氏を取り殺したみたいですな」

言ってから、僕はゾッとした。

「いや、考えてみると、この部屋は密室だったのだから、実際、呪《のろ》い殺されたのかもしれないぞ」

「そういう非科学的なことは仰言らないでいただきたいですな」

久米が唇を尖らせた。

「状況的には、密室はきわめて不完全なものなのですからねえ」

ジロリと睨んだ視線の先で、江里子はにっこり笑ってみせた。

「警部さんの言うとおりですよ。わたしがこの部屋に入っている以上、密室は成立しませんものね。つまり、状況的にはわたしが犯人で、誰か共犯者がいるってことになります。帯紐が短かったなんてことがなければ、警察はとっくにわたしを逮捕していたかもしれません」

「それなのに、帯紐の疑問を自分のほうからバラしちまうなんて、どういうつもりだ？」

僕は叱りつけるように、言った。

「だって、みなさんが帰りたがっていたし、それに、もう必要なくなったからです。密室の謎《なぞ》が解けたんです」

「なんですと？」

久米は、警察の威信を死守する番犬のように、歯を剝《む》き出した。警察に解けなかった謎を、素人の小娘風情《ふぜい》に解かれてたまるものか——という気持ちが見え見えだ。僕は久米の気持ちを代弁するように、言った。

「僕がいくら考えても分からなかった謎が、江里子に解かれたんじゃ、推理作家の看板を下ろさなきゃならなくなっちゃうよ」

「そうじゃないんです。わたしには先生や警察みたいに推理する能力がないから、単純に考えたら、たまたま当たっちゃったっていうだけのことです」

「なんだか皮肉に聴こえないこともないが。で、要するにどういうことなんだい？」

「要するに、密室なんて推理小説の中だけのことで、実際には、この世には存在しないって、そう思ったんです」

「うーん、いよいよ耳が痛いが、しかし、それは警察だって同じ考えだろうよ。非科学的なことを嫌う警察としてはね」

「でも、警察や、それから、たぶん先生もだと思うけど、わたしと根本的に違っている点が一つだけあるんですよね」

「まさか、頭の構造——だなんて言わないだろうな」

「そんな……。マジで聴いてください。つまりですね。どこが違うかと言うと、それは、わたしは絶対に犯人じゃない、という確信があるかないかの違いなんです」

これには、僕も久米も、一言もない。

「この部屋は、わたしが密室工作をしないかぎり、いわゆる『密室』にはなりっこない、ということと、密室なんて、絶対にあり得ないってことを決めてしまえば、しぜんと結論は出てくるでしょう？」

「すると、つまり、里見さんは自殺？」

「やだなあ。それは違うってことになってるんじゃありませんか。その答えは一つ。この部屋そのものに仕掛けがあるはずですよね」

江里子は立ち上がって、床の間の脇にある違い棚に手をかけ、持ち上げた。すると、驚いたことに、違い棚と一緒に背板全体が引き上げられ、下端に五十センチばかりの隙間が黒ぐろと口を開けたのだ。江里子は平気な顔で、その中に足から入り込んだ。僕たちもむろん、あとに続く。

背板の向こうは奥行き五十センチほどの空間になっていて、梯子《はしご》で垂直に降りられる。僕が梯子に足をかけた時、下のほうで江里子が戸のようなものを開けたらしく、光が入ってきて、江里子が外へ出る姿が見えた。

穴を出ると、かなりきつい線香の匂いが漂っていた。出たところは二階と同様、違い棚の下だが、脇には床の間の代わりに大きな仏壇があった。仏壇には位牌《いはい》と並んで、若い美人の写真が飾られている。その傍らに、僕と富士江里子の色紙がある。

「ここは、仙雲閣の社長さんの住居部分になっているんです」

全員が穴から出るのを待って、江里子は言った。

「そうか。犯人は社長か……」

久米警部は歯を噛みしめ、「ちきしょう」と呟いた。それは社長に対してか、それとも江里子にしてやられたことに対して言ったのか、僕は興味を惹《ひ》かれた。

「社長はどこだろう？」

僕が訊くと、江里子はとぼけた顔で首を傾《かし》げた。

「変ですねえ、さっきまでここでお話ししてたんだけど」

「なにっ！」

久米はついに敵意を剝き出しにした。

「じゃあ、あんたは、何もかも社長に喋っちまったんですか？」

「ええ、わたしがここに出てきた時、目の前に社長さんがいましたから、話さないわけにはいかなかったんです。でも、どこへ行かれたのかなあ？ さっきはお線香もなかったんですけどねえ」

「なんてこった……」

久米は周章《あわ》てふためいて、いま来た穴の中へ戻りかけ、気がついて、廊下のほうへふっ飛んでいった。だが、彼が発見した時には、朝倉は亡き妻の墓の前で冷たくなっていた。

江里子があの抜け穴を見つけて、壁の中から仏間に出て行った時、朝倉は驚きはしたものの、江里子に危害を加える気配はまったくなかったという。もう、逃れることはできないと観念したのだろう。「富士さんに発見されるようでは、おしまいですな」と、朝倉は笑った。それは、明らかに死を覚悟した人間の姿だ、と江里子は思ったそうだ。

「でも、わたしは止める気にはなれなかったんですよね」

久米警部の事情聴取に対して、江里子はそう言っている。

「そうだな、黙って死なせてやってよかったのかもしれない」

僕も珍しく、抹香《まっこう》くさいことを言った。

ただひとり、久米警部だけは、「困るんですよねえ、そういうの……」と、頭を抱えていた。しかし、久米にしても、見当外れに江里子を疑っていた負目《おいめ》があるから、強いことは言えなかったようだ。

十三年前、仙雲閣に泊まった里見は朝倉の妻を凌辱《りょうじょく》した。いまとなっては、その真相を知る由《よし》もないが、朝倉夫人は美貌《びぼう》だったそうだから、里見はテレビ出演の依頼か何かにこと寄せて、夫人を部屋に呼び込んだのかもしれない。そのあと、朝倉夫妻のあいだにどのような軋轢《あつれき》があったかも分からない。とにかく、里見が帰った数日後、夫人は首を吊って死んだ。里見が死んだのと同じ部屋だった。

「悲しい話だねえ……」

伊丹《いたみ》へ向かう飛行機の窓から、出雲の山々を見下ろしながら、僕は老人のような声を出した。十三年もの間、死んだ妻の恨みを晴らす日の来ることを信じて暮らしてきた、朝倉という男の心情は、僕のようなヤクザな人間には理解しにくい。

「でも、素敵なお話じゃありませんか」

岡本女史は夢見るような目をしている。

「しかしねえ、殺人は殺人だよ。しかも、ひそかに抜け穴まで作って、まるで蟻地獄《ありじごく》みたいに獲物を待ち受けていたんだからな。そういう陰湿さは、僕はやりきれないね」

「でもね先生、電話のベルでわたしを救ってくれたのは、朝倉さんなんですよ」

江里子は言った。朝倉は抜け穴の中で部屋の様子を察知して電話をかけたのだそうだ。そして、そのあと里見を訪れ、懐旧談を交わすふりをして、里見のビールの中に睡眠薬を入れた。いったん部屋を出て、里見が眠り込んだ頃合いを見計らって、抜け穴から侵入し、帯紐を里見の首にかけ、欄間に吊るした。

ドアを帯紐で結んだ密室工作は、朝倉はずっと以前から考えていたそうだ。

――警察が密室だと断定してくれれば、里見さんの死は自殺として扱われます。もし、睡眠薬のことで警察が他殺の疑いを抱いたとしたら、当然、帯紐が密室に見せかけるための偽装工作だと思うでしょう。その場合を想定して、わざと湿りけをつけて、紐が短くなったことに気がつくようにしておいたのです。でも、帯紐が最初から短かったことを見破られてしまえば、すべてはおしまいです。

これが、朝倉が江里子に語った真相だが、まったく、それを看破した江里子の洞察《どうさつ》力《りょく》には敬服する以外ない。これで当分は、大きい口はきけなくなった。僕の目が霞《かす》んだのは、江里子にたとえ僅かでも疑惑を抱いた報《むく》いなのだから――。愛することは信じること。朝倉の爪《つめ》の垢《あか》でも飲んだほうがよさそうだ。

山脈の上を越えると雲が濃くなった。出雲の風景は、もう見えない。

交歓殺人

プロローグ

事件が起きた時、町の連中の反応は冷静そのものだった。

「やっぱしね」「いつかそういうことになると思っていたよ」というのは、何も消息通にかぎったことでなく、町に住んでる者の、ごく常識的な感想だったのである。

なにしろ軽井沢は狭い町だった。冠婚葬祭はもとより、どこそこの家の娘は運転免許を取るのに三ヵ月半もかかった——などということも、町の半分ほどの人間が知っている。

刺された被害者も、刺した加害者も死んでしまったいまとなっては、犯行の動機や、犯行に至るまでの状況などについて、推測するしかないけれど、そんなことはどうでもいいくらい、大庭《おおば》家と梶本《かじもと》家の不倫な関係はオープンになっていた。

警察のやることといったら、被害者が出血多量で死亡したことと、加害者が縊死《いし》によって死亡したことを確認する程度。遺体を運んだり戻したり——という役割は、なんのことはない、葬儀社の下請けとたいして変わらないようなものだった。

葬式が済むと、もう人々の関心は薄れはじめた。事件が起こるまでは、ハラハラもドキドキもするが、起きてしまえば、あとはそれ以上の進展は望むべくもない。ノックアウトでケリがついたボクシングのようなものだ。

幸いなことに、観光シーズンはとっくに終わり、これから長い冬に入ろうという時季で、事件の噂が来夏の客足に影響を及ぼす心配も、まずなさそうだ。スケート場に続いて、人工雪のスキー場のオープンも間近い。毎年増えつづける冬場の客が、今年はどれほどのものか、興味の対象はそこへ移った。

1

電話がかかってきた時、伸子《のぶこ》は豚の角煮を仕込んでいる最中だった。大きなブツ切りの肉を湯に入れて沸騰《ふっとう》させると、脂と一緒にアクが浮き出してくる。それをお玉杓子《たまじゃくし》で丹念に掬《すく》って、水を張ったボウルの中に捨てる。

姉の佳子《けいこ》に言わせると、ずいぶん辛気《しんき》臭い作業ということになるのだが、本人は結構楽しみながらやっているつもりだ。こういう単調な仕事を根気よくやるのが、伸子には性《しょう》に合っている。三年前、一緒に通いはじめた編物教室だって、伸子はいまだに週二回、欠かさずに行っているけれど、佳子は靴下の片方も編まないうちに、嫌気がさしてやめてしまった。

ベルの音を十度くらいも聞いてから、伸子はガスの火を細めにして、ようやく台所を離れた。

「お嬢さんですか？」

電話は梶本からだった。妙に秘密めいた調子に声を落としているが、「お嬢さん」という呼びかけをするのは、いまどき梶本ぐらいなものだ。

「あまりお出にならないので、お留守かと思いました」

「ちょっと台所してたから。何か用事？」

ぐつぐつ音を立てている鍋《なべ》を気にしながら、伸子は少し早口に言った。

「はあ……」

梶本は口籠《くちご》もっている。昔からはっきりしないところのある男だ。

梶本が大庭家に来たのは、彼が高校を卒業してすぐのことだから、もうかれこれ二十年になる。伸子は小学生、姉の佳子は中学生の頃だ。軽井沢の別荘管理人の次男に生まれただけあって、小さい頃から目上の者に対する接し方が訓練されている。——というより、伸子などには、いささか時代錯誤《さくご》に感じられるほど、言葉遣いが丁寧だった。だから、八つも年下の伸子を摑《つか》まえて、「お嬢さん」よばわりをしている。

「何なの？」

伸子は催促した。

「じつは、ちょっとお話ししたいことがありまして……」

だから電話したんでしょ——と言いたくなる。昔なら、たぶん言っていただろう。しかし、今は義兄だから、そういう口のきき方は、努めてセーブしている。

「お嬢さんはご存じないのでしょうか？」

伸子が根気よく待っていると、梶本はオズオズと言った。

「何のこと？」

「本当にご存じないのですか？」

「やあねえ、だから、何のことって訊《き》いているじゃないの」

「それじゃ、やっぱりご存じないのですねえ……」

電話の向こうで、梶本は溜息をついた。溜息をつきたいのはこっちだわ——と伸子は思った。

「ねえ、何のことなの？　今お鍋が噴きそうなのよ。早く言って」

「すみません。しかし、電話ではその……」

「なあに、電話では言えないようなことなの？」

「はあ、ちょっと……」

「じゃあ、どうするの？　こっちへ来る？」

「できれば、お嬢さんがこちらへ来ていただければいいのですが」

「分かったわ、じゃあ行くから」

それじゃ、と電話を切った。鍋の中にはアクがたっぷり浮いていた。アクは浮いたらすぐに取ること、放っておくとスープが濁《にご》って、出来上がりが美味《おい》しくないと、死んだ母親に聞かされたものである。伸子は急いでアクを掬った。

(何の用事なのかしら？)

ふと気になった。考えてみると、「行く」とは言ったものの、いつ行くとも言わずじまいだった。

時計を見ると、九時を回っている。夫の和則《かずのり》は夕方近くに出たきり、食事にも帰ってこない。また例によってマージャン仲間にでも摑まっているのだろう。

伸子は鍋の火を止めて、梶本家に電話した。

「はい、ひぐらし荘でございます」と梶本の声が出た。「ひぐらし荘」なんて、いかにも古くさい名前だ。十二年前、梶本と佳子を結婚させるさい、父が南軽井沢に民宿を建ててやって、その時に、そう命名した。数年前、ペンション風に建て替えたにもかかわらず、名前は以前のままである。仲子は今風の、ペンションらしい名前にしたらと提案し、梶本もその気になって、フランス語かなにかの洒落《しゃれ》た名前を考えていたのに、最後にきて佳子が反対して、それきりになった。

「仲子ですけど、さっきの話、いつ行けばいいのか決めなかったから」

「あ、あの、今からすぐみえるのかと……」

梶本は困惑したような、情けない声を出した。

「ああ、そういうことだったの」

仲子はもう一度時計を見て、さんざん迷った挙句《あげく》、「それじゃ、これから行きますから」と言った。

2

大庭家のある鶴溜《つるだまり》から南軽井沢のひぐらし荘まで、車で十分かそこいらの距離である。

「鶴溜」という地名は、昔、この辺りの沼地に鶴が渡来してきたことに由来するのだそうだ。土地の古老に訊いても、鶴の姿を見たことはないらしいから、よほどの大昔なのだろう。

鶴溜は離山《はなれやま》の裏手の奥、星野《ほしの》温泉に近い別荘地で、大庭家はそこに広大な土地を持っている。土地といったって、もとは人も住めないし、作物も稔《みの》らない、といったような原生林だったのだが、現在は違う。旧軽井沢辺りがむやみに開けて、夏は東京の原宿《はらじゆく》と変わらないような具合になってしまったようなのとは対照的に、ふんだんな自然に恵まれ、野鳥やリス、キツネなどにも出会える、ほんとうの意味で別荘地というにふさわしい場所だ。

伸子が物心《ものごころ》つく頃から、軽井沢に別荘建設ブームが起こり、それとともに、ただの山持ちにすぎなかった大庭家にも、広大な山林を切り売りしたり、建売り別荘を建設したり管理したり——という、大不動産業者なみの業務が発生し、そのための人手が必要になった。梶本もそういう従業員として、雇われた人間の一人であった。

ひぐらし荘の敷地に入って行くと、梶本が玄関から走ってくるのが見えた。この寒いのに、ずっと佇《たたず》んで待っていたらしい。そういう律義《りちぎ》さが父には気に入られたのだろうけれど、仲子には少し重っ苦しく感じられる。

玄関を入って、居間に行くまでのあいだ、梶本は何度も「すみません」という言葉を発した。顔立ちはいいのだが、どことなく精彩のない印象を与える風貌《ふうぼう》だ。

「何の話なの？」

仲子は坐るやいなや催促した。それでも梶本は、まだ言い渋っている。

「じつは、和則さんのことですが……」

ようやく言いだしながら、口籠って、それから思いきったように、一気に言った。

「うちの佳子さんと、できてるのです」

十年以上も連れ添った女房を掴まえて「佳子さん」はおかしいが、それと、「できてる」という生々《なまなま》しい言葉とのアンバランスさに、仲子は面くらってしまった。

「できてるって、何が？」

間の抜けた質問を発した。梶本は困った顔を泣きそうに顰《しか》めた。

「何って、その……、できてるのです」

「まさか……」仲子は絶句した。

「ほんとうです、だいぶ前からです。気がつきませんでしたか？」

「知らないわよ、そんなこと……。いつ、どうして？」

「私が気付いたのは、九月のなかば頃です。たまたまお宅に電話したら、和則さんがいなくて、その時、ちょうどうちの佳子さんも外出していて、それで、なんとなくおかしいなって思って、佳子さんが帰った時に注意してみたら、やっぱり様子が変なのです。それからはたびたび同じようなことがあって、近頃ではうちの前まで和則さん、送ってきてくれるのですよね」

「嘘よ、嘘でしょう？」

言いながら、伸子は思い当たることがあるのを感じていた。和則の頻繁《ひんぱん》な外出の先を確かめたことはないが、二度ばかり、マージャン仲間から電話があって、てっきりそっちへ行っているものだとばかり思っていて、トンチンカンな挨拶になったことがある。あとで和則に訊くと、小諸《こもろ》のパチンコ屋まで行っていたということであった。軽井沢にもパチンコ屋はあるにはあるのだが、規模が小さくて面白くないのだそうである。

「嘘じゃありません。今夜だって、和則さんに車で送ってもらって帰ってくるにちがいありませんよ。それでお嬢さんに来てもらったのです。その目で見なければ、たぶん信じてもらえないと思って」

梶本はムキになって、強い口調で喋った。

「ほんとうに送ってくるの？」

「ほんとうですよ、何度も見てますからね。二階の窓からよく見えるのです。あと三十分もすれば帰ってきますから、ぜひ見てくださいよ。そのつもりで、二階の部屋に暖房を入れておきました」

伸子は怒るより、呆《あき》れてしまった。

「だけど、そんなに前から知っているのだったら、どうして今まで……」

「言えませんよ、とても」

梶本は情けない声を出した。そう言われると二の句が継げない。確かに、梶本は養子ではないけれど、似たような立場だ。土地も建物もすべて妻の名義で、「主人」とは名ばかり、現実には態《てい》のいい管理人といったところかもしれない。

「だけど、夫婦なんだから」

「夫婦っていったって、べつにアレだってないし……」

「えっ？　あら、いやだ……」

伸子はドギマギして、思わず赤くなった。

「じゃあ、お嬢さんのところはあるんですか？」

「え？　ええ、たまには」

梶本の語調に気圧《けお》されて、伸子はつい答えてしまった。

「ひどいなあ、うちの佳子さんを抱いた手でお嬢さんを抱くなんて、許せませんよ」

梶本は声が震え、目は充血していた。

3

とくに見通しがきく二階の客室の一つに、梶本と伸子は入った。なるほど、暖房が利いていて、ちょっと暑いくらいだ。

「暗くしますから」と断って、梶本は電気を消した。カーテンを少し開けて、道路の方向に瞳を凝《こ》らす。

はじめのうちは緊張しているせいか、なんとも感じなかったけれど、真っ暗な部屋で梶本と二人きり、窓際に佇んでじっとしているのが、なんとも妙な恰好であることに、伸子は気付いた。姉と夫の不倫の現場を確かめようとしているのに、まるで自分たちのほうが秘密めいた関係を持っているような錯覚を覚える。

「だけど、信じられないわねえ」

伸子はわざと陽気な声を出した。

「何かの間違いじゃないの？　うちの人じゃなくて、別の男の人かもしれないじゃない」

「私もそう願いたいですよ」

梶本は苦りきったように呟《つぶや》いた。

「とにかく、現実をよく見てくれれば分かってもらえます」

「それはそうだけれど……」

伸子は仕方なく黙って、また闇の向こうに視線を向けた。

道路から敷地に入ってくる辺りには、街路灯と、ひぐらし荘の庭園灯が割と近くに立っていて、いくぶん明るくなっている。

三十分ぐらいで——と梶本が言った、そのぐらいの時間が経過した時、道路の向こうからヘッドライトが近づいてきた。

「来た！」と梶本の手が伸子の右腕を摑んだ。伸子はドキッとしたが、それは車が接近してきたことに対するものなのか、それとも腕を摑まれたことに対するものなのか、よく分からなかった。

「あれがそうなの？」

「そうですよ、いつも見ていますから、間違いありません」

車はゆっくり近づいてくる。方向が変わって敷地内に入ってきたことが分かった。梶本の判断は正しかったのだ。それにしても、敷地内にまで入ってくるなんて、ずいぶん図々しすぎやしないだろうか——と伸子はまだ、梶本の勘違いを願わずにはいられなかった。

ひぐらし荘の建物から五十メートルばかりの、テニスコートの脇で車は停まった。ライトが消えると、それが紛《まが》うことなく夫の車であることがはっきり分かった。

ドアが開いて女が降りた。庭園灯の明かりにシルエットが浮かぶ。

「姉さん」

思わず伸子は掠《かす》れ声を出した。「しっ」と梶本は腕を摑む手に力を籠《こ》めた。

佳子は大胆な歩き方でやってくる。佳子が建物に入るのを見届けるつもりなのか、車はひっそりと動かない。玄関近くまで来て、佳子の足が止まった。伸子の車に気がついたのだ。それから、慌てたように後ずさりすると、今度は足音を忍ばせて、今、降りたばかりの車に戻った。

車はそれ自体が生き物でもあるかのように、しばらくはじっと息をひそめていたが、やがて、しのびやかにエンジンの音をさせながら、ライトを消したまま、ノロノロとバックを始めた。

「行かなくちゃ」

伸子が立ち上がろうとするのを、梶本の手が強い力で引き留めた。

「痛い……」

伸子は梶本の手の上から腕を押えた。

「あ、すみません」

梶本は力を弱めたが、摑んだ腕を離そうとはしなかった。

「行かないほうがいいです」

「だって……」

伸子は窓の向こうの、どんどん遠ざかる車の影を目で追った。車は道路まで出たところでようやくライトを点《つ》けて、町の方角へ走り去った。

「どうするつもりなの？」

伸子は怒りと恥ずかしさで声が震えた。

「分かりませんよ、そんなこと。分からないけど、今のままでいるしかないでしょう」

「何言ってるのよ。そんなこと許せないじゃないの」

「しかし、下手なことをしたら、滅茶《めちゃ》滅茶《めちゃ》になってしまいますよ」

「じゃあわたしに見て見ぬふりをしろっていうの？　そんなのいやよ、人を虚仮《こけ》にした話じゃないの。あなただって、腹が立つでしょうに」

「そりゃもう、気が変になりそうでしたよ。だけど、ぶち壊したら、もうお嬢さんとも会えなくなってしまうし……」

「わたしに？……」

伸子は意外な言葉を聞いて、問い返した。

「そうです」

闇の中で、梶本は大きく頷《うなず》いてみせた。

「佳子さんの浮気より、お嬢さんに会えなくなるほうが、わたしには辛いのですよ」

どこに光源があるとも思えないのに、伸子の目を覗《のぞ》き込む梶本の双眸《そうぼう》は妖《あや》しく輝いている。腕を摑む手に、また力が加わった。

伸子は体がまるで乙女のように震えるのを、抑えることができなかった。腰の力が抜けて、絨毯《じゅうたん》の上にへたり込む。その姿勢が誘ったように、梶本の上体が覆いかぶさってきた。

4

いつのまにか、伸子は床に押しひしがれた恰好で、梶本の唇を受けた。いやいやをするように首を振ったが、梶本は伸子の自由を許さなかった。伸子自身にも、絶対に拒絶する意志が失われていたのかもしれない。

ついさっき見たばかりの光景が頭の中にチラついて、それが、少なくとも過去何ヵ月ものあいだ続けられてきたことであるという、その事実に較べれば、どんな裏切りだって、幼児の遊びみたいなものだ——と、伸子は気の遠くなるような空っぽの頭で、懸命に自分のために弁解していた。

梶本は信じられないくらい巧妙な手際で、伸子の体を蕩《とろ》かしていった。晩秋、軽井沢の夜は都会の真冬なみに冷える。伸子は充分に着込んできたつもりだから、おそらく、どこかの部分については梶本に協力して衣服を脱いでいるはずなのに、いつも抵抗していたかのような錯覚しか憶えていない。それにもかかわらず、伸子が最初の絶え入るような声を発したときには、完全な裸体を梶本の目の下に曝《さら》していたのだった。

梶本は指や唇を仲子の体に這《は》わせながら、絶え間なく何かを喋りつづけていた。ずっと前から誰よりもお嬢さんを好きだったとか、きれいだとか、柔らかだとか、こんなに濡れてとか、きわどい言葉で仲子の心を刺激していった。仲子は耳から入ってくる梶本の言葉だけで、まるで鏡を見ているように、自分のあられもない姿態を連想し、それによって異常な昂《たか》ぶりをおぼえた。

仲子は手足をくねらせ、自分から梶本の体を求めて乱れた。こんな経験は夫の和則とのあいだでは、ついぞなかったことだ。それは和則の愛撫がおざなりのものだったためなのか、それとも自分の応《こた》え方が稚拙だったせいなのか、仲子には分からない。しかし、とにかく梶本は、仲子のいまだ知らなかった世界に彼女を引きずり込んだ。仲子は何度も呻《うめ》き声を発しながら、そのつど、この行為は夫が自分を裏切ったことへの仕返しと、梶本から姉を奪ったことへの謝罪なのだと、胸の奥で叫びつづけていた。

とつぜん明かりがともった。しっかりと閉ざした瞼《まぶた》の裏側からも、そのことは分かる。

「やめて、明るくしないで……」

仲子は甘えた声で言った。梶本が上半身を起こしかけげんにしたのは、結ばれたままの下腹部を眺める行為だと思った。

だが、梶本の動きが止まった不自然さと、伸子の中で梶本の分身が急速に萎《な》えてゆくのを感じて、ようやく様子がおかしいことに気付いた。

目を開けると、眩《まぶ》しい光線と一緒に、佳子の顔が飛び込んできた。「姉さん」と言いかけた声が、伸子の喉《のど》の奥に消えた。

「へえーっ、こういうことだったの」

佳子はドアを入ったところに突っ立って、ジロジロと不遠慮な視線を、一体となった二人の裸に注いでいる。その視線をもろに浴びながら、梶本も伸子も動かなかった。いや、動けなかったというべきかもしれない。少なくとも、伸子は梶本に押えつけられた恰好から、動きようがなかった。離れれば、その瞬間、もっとも恥ずかしい部分を姉に見られることになる、そのこともあった。

「あんたも、なかなかやるじゃないの」

佳子はひきつったような顔で、せせら笑った。「あんた」とは梶本のことなのか、それとも伸子を指したのか分からない。しかし、その言葉に触発されたように、伸子は勃然《ぼつぜん》として怒りが蘇《よみがえ》った。

「姉さんこそ、なによ、泥棒猫みたいに」

思わず片肘《かたひじ》をついて、身を起こした時、梶本と伸子の結合が解けた。救いようのない無様《ぶざま》な恰好を露呈しているのは承知のうえで、伸子は姉の顔を睨みつけた。

「泥棒猫？　それ、何のこと？」

「とぼけないでよ、さんざんうちの人を誘惑しておきながら」

「なんだ、そのこと？　いいじゃない、あんただってやってるんだから」

「冗談言わないでよ、わたし今日、はじめてなんだから」

言いながら、伸子は惨めさにうちひしがれる思いだった。本来なら、こっちが一方的に罵《ののし》ってやってもいい姉に、たった一度の浮気の現場を、それも最も恥ずかしい場面を見られてしまった屈辱と、自己嫌悪と、腹立たしさが、どっと押し寄せてきた。

「そういうのを五十歩百歩っていうんじゃない？　それとも目糞鼻糞かな」

佳子は小気味よさそうに言った。伸子は何か言い返そうと思いながら、適切な言葉を探しあぐねた。

「姉さんなんか死ねばいいんだわ」

伸子は呻くように言った。とたんにこみ上げてきた涙が頰を伝って、剝《む》き出しの乳房にも、腹の上にもポタポタと落ちた。

「まあまあ」と梶本が間の抜けた仕草で、散らばった衣服を搔《か》き集めて、伸子の腕に押しつけ、自分もこそこそと身仕舞《みじま》いにかかった。さっきまでの、征服者然とした様子はどこへやら、いつもながらの従順な「養子」の姿そのものだ。

伸子はいよいよ情けなくなって、だらしなく泣きじゃくりながら、下着をつけ、衣服を纏《まと》った。その惨めさのなかで、姉に対する憎悪だけは、流した涙の分だけ大きくなっていくように思えた。

(殺してやる、必ず――)

もう一度、今度は口には出さず、心の中でしっかりと呟いた。

5

帰宅すると、いつもなら出てきたためしのない和則が玄関に迎えに出て、「へへへ」と意味もなく笑った。

「おまえ、梶本とやったんだってな」

好色そうな目で、舐《な》め回すように伸子の全身を見下ろし、見上げた。伸子がよく知っている（つもりだった）昨日までの和則とは違う、見たことのない他人がそこにいるような気が、伸子はした。

仲子は無言で和則を押し退《の》けて、居間を抜け、台所へ入った。自分のことはもちろん、夫の不倫についても話をする気にはなれなかった。

和則はニヤニヤ笑いながらついてきた。台所には、仕込みかけた豚の角煮の濃厚な匂いが立ち籠めていて、なんだか卑猥《ひわい》な連想を刺激しそうだ。

「で、どうだった？　按配《あんばい》は」

和則はいやな言い方をした。

「やつのは粗チンだそうじゃないか」

「いやらしい！」

「おれが言ったんじゃないよ、佳子がそう言うんだ」

いくら関係を持ったとはいえ、他人の女房を摑まえて、名前を呼び捨てにする神経は和則の性格を端的に表わしている。

和則も元はといえば、梶本と同じ、大庭家の従業員の一人でしかない。もっとも、梶本よりは筋がよく、伊那《いな》のほうの、やはり山持ちの三男坊だった。仲子の父親には気に入られていたが、仲子は和則のどことなく野卑《やひ》な感じが、あまり好きではなかったし、ましてや結婚することになるなどとは、考えてみたこともなかった。

佳子が梶本と結婚してから二年後、大庭家の跡継ぎである仲子の兄が交通事故死したために、和則が伸子の婿になって、大庭の家を取り仕切ることになった。つまり、梶本とは違い、こっちこそ本物の養子なのだが、養子らしく振る舞ったのは両親が生きているあいだだけで、それ以後は、仕事はしない、遊びはしたい放題、といった具合で、これがこの男の本性だったのか――と目を瞠《みは》るような豹変《ひょうへん》ぶりだ。もっとも、家計も事業のほうの経理も、伸子がしっかりと握っていたので、そう大きなことはできない。その腹いせに、わざと悪ぶっているようなところもないではなかった。

父親のほうは和則を信用しきっていたが、母親はどうやらその本性を見抜いていたフシがある。財産の管理に関しては、一切、和則に委《ゆだ》ねてはならないと、伸子にきつく言い聞かせながら、死んだ。

「あんたもわたしのこと、そんなふうに姉さんに喋っているの？」

「まあな」

和則は相変わらず卑猥な笑いを浮かべている。

「いやらしいわねえ」

伸子は吐き出すように言って、ガスコンロのコックを邪険にひねった。

「いや、おれの場合は、どっちかといえば、おまえのことを褒《ほ》めているんだけどさ。そうすると、佳子のやつ、妬《や》きやがんの」

「やめてよ！」

仲子は両手で耳を覆った。鍋の蓋《ふた》がガシャッと音を立てた。

「いいじゃねえか。おまえだって嫌いじゃねえんだろ？　佳子の話じゃ、だいぶいい声出していたそうじゃねえかよ」

「やめて、やめて！」

身を翻《ひるがえ》して台所から駆けだそうとする仲子を、和則の腕がガッチリと捉《とら》えた。

「おれの時はそんな声、出してくれねえのによ、梶本にはサービスしてやるのかよ」

「殺してやる……」

「へえっ、誰を殺すって言うんだい？　おれをか？　それとも佳子をかよ」

「あんたも、姉さんもよ」

「こりゃ驚いた、佳子が聞いたらなんて言うかな、それはこっちの言う科白《せりふ》だって言うだろうな。おまえに対する恨みつらみは、山みたいにあるそうだからな」

「どういう意味よ、それ？」

仲子は冷水を浴びたように、急速に正気に戻って、和則の顔を見た。

「わたしの何を恨んでいるって言うの？」

「なんだ、おまえ知らないのか。へえっ、知らぬが仏とはよく言ったもんだ。もっとも、あの女の執念深いのは特別かもしれねえからな。アレだって、かなりしつこいしねえ」

「ねえ、言ってよ、姉さん、何を恨んでいるって言うのよ」

抱きしめている和則の胸を、両の掌《て》で突くようにして、体を離し、伸子は鋭い語調で言った。

「何もかもってところかな。おまえが生まれたこと自体、憎らしくてしょうがねえのかもしれねえぞ。子供の時からよ、おまえのほうばっかし可愛がられて、佳子は除《の》け者にされてたっていうじゃないか。挙句のはて、あんな出来の悪い梶本なんかを押しつけられて、態よくこの家をおん出されてよ、大庭の家の財産はほとんどおまえのものだしな」

「それは違うじゃないの。兄さんが死んだから、結果としてそうなっただけで、なにもわたしのせいじゃないわよ」

「それがおまえの狡《ずる》いところだって言うんだな。いつだっておまえはいい子でさ、佳子はワリを食っていたんだそうだ。親父さんの金時計がなくなった時だって、おまえの告げ口のお蔭で、はじめから佳子が盗んだものと決めてかかって、家じゅうで苛《いじ》め抜いたそうじゃねえか」

「知らないわ、そんなこと」

「それだ、おまえは何も憶えちゃいねえって言うんだよな。都合の悪いことはさっぱり忘れちまってさ、いいことだけ憶えてる」

「ほんとうに知らないって言うのに。いつの話よ、それ」

「佳子が小学校二年の時だとか言ってたな」

「じゃあ、わたしは幼稚園じゃないの……」

伸子は開いた口が塞《ふさ》がらなかった。そんな昔のことを憶えているわけがないし、憶えていたとしても子供のやったことだ、たわいのない昔話でしかない。それを三十年近くものあいだじっと胸に秘めたままでいたという、姉の執念深さにゾーッとした。

6

「それで、どうするつもりなの?」

和則の腕の中で、精一杯、背を反《そ》らせ、顔を背《そむ》けるようにしながら、伸子は目だけを夫に向けて言った。

「どうするって、何をさ」

「これから先のことよ。このままじゃすまされないでしょう」

「べつに、おれは構わないよ」

「あんたは構わなくても、わたしがいやよ」

「じゃあ、どうすりゃいいって言うんだ？」

「出てったら？　それでもって、姉さんと一緒になればいいじゃない」

「ばかばかしい、あんな女と一緒になれるかよ」

「だって好きなんでしょ？　好きだからあんなこと……」

「それと一緒になるのとは別さ。第一、佳子はしつこすぎてね、参っちゃう」

「よくもそんなことをぬけぬけと……」

「いや、ほんとさ。それに、なんたっておまえのほうが若いしよ、可愛げがある。抱き具合だって、そう捨てたもんでもねえしな」

和則は伸子を引き寄せようとする。伸子は身を捩《よじ》って抗《あらが》ったが、この男の力は梶本の比ではなかった。

「やめてよ、姉さんに言いつけるから」

「ああ、いいとも。言いつけたって、佳子がおまえの言うことなんか信じるもんか。そんなことはいいからよ。おれにだってやらせろよ。梶本なんかより、おれのほうに権利があるんだからな」

和則は言いながら、抵抗する伸子の衣服を剝《は》ぎにかかった。無骨な指でむりやりボタンを外そうとする。どこかの生地が裂けたような音がして、反射的に伸子は力を緩めてしまった。

「それによ、梶本にやられたって聞いて、どういうわけか、おまえに惚れ直しちゃったみたいなんだよな。おれとしたことが、あいつに妬いてるのかな。とにかくよ、これからは、真面目に子供をつくるようにしたっていいと思っているんだ」

「どういう意味よ、それ？」

「えっ？　あ、そうか、いけねえ……」

和則は困った顔から一転、あははとばか笑いをして、伸子の剝き出しになった肩に唇を押しつけて、自分の口を塞いだ。

「何なのよ？　ごまかさないで言ってよ」

和則の口はモグモグと言葉にならない言い訳を喋りながら、肩から乳首へと下がっていった。和則の左腕は伸子の腰をしっかりと抱え込み、右手がスカートのファスナーを引き下げ、下着ごと床の上に引き下ろした。

もともと、和則はところ構わずに挑んでくることが珍しくなかったから、その行為自体には驚かないけれど、自分の気持ちとは関係なしに、体のほうが和則の愛撫に感じてしまうことに、伸子は戸惑った。

ほんのついさっき、別の男の愛撫を受けた部分に、夫が唇を寄せるのを見下ろしながら、伸子は生まれてはじめて、サディスティックな興奮に襲われていた。それは姉に対する殺意とどこかで繋《つな》がっているのかもしれない。

伸子は意識的に股《また》を広げて仁王立ちになると、両手で和則の頭を掴んで局部に押しつけた。もっとも、その姿勢を長く保っていることはできなかった。和則の愛撫に耐えることが苦痛に近いところまで達すると、伸子は呻き声とともに、床の上に崩れ落ちた。

十分か二十分か、経験したことのないような嵐の時が過ぎた。角煮の鍋がコンロの上で立てる音に、伸子は自分を取り戻した。

「ねえ、さっきのあれ、どういう意味よ」

居間の絨毯の上に横たわっている和則の腹をつついて伸子は訊いた。「ちぇっ」と和則は舌打ちをした。

「まだ言ってるのかよ。どうでもいいじゃねえか」

「よくないわよ、気になるもの」

「そんなに訊きたきゃ言うけどさ。つまり、パイプカットしてたっていうことさ」

「えっ?」と、伸子は思わず身を起こした。

「それ、ほんとなの? じゃあ子供、できっこないじゃないの。なんてことするのよ」

「だからさ、これからはやめるって言ったじゃねえかよ」

「そんなこと言ってるんじゃないわよ。なんでわたしにひとことの相談もなく、そんなことしてたのよ。母さんだって、あんなに楽しみにしてたのに……」

伸子はポロポロと涙をこぼした。

「佳子がそうしろって言うからさ」

和則は思いがけないことを言った。

「姉さんが?……」

「ああ、そうだ。あたしを抱きたかったら、伸子に子供をつくるなって言うんだもんね」

和則はケロッとした顔で、売れっ子のコメディアンを真似たような口調で言った。

「どうしてよ、どうして姉さんがそんなことを言うのよ」

「そりゃ、おれの情が移っちゃうからだろうな。それに、遺産の分け前が減っちゃうってこともあるか」

「遺産て、誰の遺産よ。……まさか、わたしのこと？　わたしが死ぬのを待っているっていうことなの？」

「さあどうかな、おれのことかもしれない。もっとも、おれが死んだって、たいした遺産はないことは確かだな」

和則は天井を向いて、へへへと笑った。

7

「昨夜はおたがい、ご苦労なことだったな」

和則はガムをクチャクチャさせながら言った。肺癌《はいがん》になると医者に脅《おど》かされてから、ヘビースモーカーだったのが、ぴたり禁煙した。万事、することが粗野で、一見、頑健で豪放に見えるが、病気になるのだけは、極度に怖がる。

「おれのほうなんか、たて続けに二度のお勤めだからよ、ちょっとシンドかった」

「おれ、途中だったから……」

梶本はいかにも残念そうな顔だ。

「まあいいじゃねえの、とにかく、そこまでいけたんだからよ。それより、おれはあんたが伸子にそこまでもやれねえんじゃないかと思ってさ。なにしろ、あんたにとっちゃ、伸子はお嬢さんだもんな。もしも筋書どおり、佳子を帰した時に、ああいうことになっていなかったらってさ、心配したよ」

「おれも自信なかったけど、お嬢さんも少しはその気になったみたいだ」

伸子が見せた、思いがけない反応を思い出して、梶本の片頬に笑いが浮かんだ。

「らしいな、伸子のやつ、だいぶ頭にきたらしい。おれに仕返しするつもりで、あんたに抱かれたのかもしれねえよ。帰ってきてからも、おれと佳子を殺してやるってわめいてた。このぶんなら、あいつ、間違いなく佳子を殺すな。狙《ねら》いどおりだ」

「ほんとにうまくいくのかな」

梶本は正直にオドオドしながら言った。

「殺す殺すと言うのにかぎって、殺したためしはないっていうじゃないの」

「そんなことはねえさ。いや、そりゃ全部が全部、実行するやつばかりじゃねえだろうけどよ、そう言ってたやつで、ほんとに殺しちまったやつだって、いねえわけじゃねえよ。少なくとも、警察はそういう噂を信用するだろうな」

和則は意味ありげな目をして、ニヤリと笑った。その意味を、梶本はすぐには理解しなかったが、まの抜けた頃になって、慌てて訊いた。

「えっ？　えっ？　どういう意味だよ、それ……」

「ちぇっ、分かってるくせに、とぼけやがって。とにかく、そういう噂があれば、警察は仲子が殺《や》ったと思うだろうってことよ」

「じゃあ、実際はお嬢さんが殺るんじゃないっていうことか？」

和則はそっけなく言って、「そのお嬢さんて言うの、なんとかならねえのか」と顔を顰めた。しかし梶本はそれどころではない。

「そ、それじゃ、誰が殺るんだよ？」

「決まってるじゃねえか、おれかあんたさ。いや、そりゃ、仲子がちゃんと殺してくれりゃ、問題ねえけどさ、あんたの言うとおり、いくら口では強がっていても、ほんとに殺るかどうか、保証はねえからな。そのうち、オオカミ少年みてえに、町の者だって、あまり信用しなくなっちまうだろうしよ」

「だけど、そんなことしたって、お嬢さんが犯人じゃないってことは、すぐ分かっちゃうじゃないか。殺ってもいないことを、殺ったなんて言うわけないし、お嬢さんに罪をなすりつける、うまい方法でもあるって言うなら別だけど」

「それがあるんだな」

和則は例のニヤニヤ笑いを浮かべた。

「佳子を殺ったあとすぐ、伸子が自殺しちまえば、それっきりじゃねえか」

「えっ？……」

梶本は青くなって、無意識に辺りを見回したが、佳子は買物に出掛けていて、ひぐらし荘にはほかに誰もいない。夏のあいだは五人のアルバイトや手伝いのおばさんが入って、それでも忙しいくらいだが、この時季は、たとえ客があったとしても、梶本夫婦だけで充分やっていけるのだ。

「じゃあ、お嬢さんも殺っちゃうの？」

梶本は声をひそめて、訊いた。

「そういうこと。な、これで完璧《かんぺき》だろ？」

和則は自慢げに、そっくり返った。

「それにだよ、佳子が死んだって、たかだか二億かそこらの保険しか入ってこねえんだろ？　まあ、それでもいいと最初は思ったけどさ、伸子が死ねば、大庭の家の財産は二人で自由になるんだもんな、でっかい事業でもなんでもやりたい放題じゃねえか。話はでっかいほうがいいよ、少年よ大志を抱けって言うじゃねえかよ」

「そりゃそうだけど……、しかし……」

「なんだよ、今になって尻込みする気かよ。いいよ、いいんだよ、やめたって。その代わり、あんたが高崎《たかさき》の女に入れ込んで、だいぶ借金してるの、どうするつもりか考えてくれよな」

「誰もやめるって言ってないよ。ただ、あのお嬢さんを殺るなんて……」

「なんだ、もったいないとでも言うのかよ。この野郎、浮気な野郎だな。そのくせ、佳子には貞淑《ていしゆく》な亭主でございます――みてえなツラしてるんだからな。おれなんかよりほんとの悪はあんたのほうだな」

「あんたの言うとおりかもしれない」

梶本は情けなさそうに頷いた。

「正直なところ、おれにもいったいどうなってるのか分からないんだ。人を殺すなんて、考えてみたこともなかったしなあ。だけど、だんだんそういう気になってくるから、恐ろしいっていえば恐ろしいし、不思議っていえば不思議だよな」

「そういうもんだよ。誰だって、まさか自分が殺しをやるなんて思ってたやつなんかいないさ。しかし、それでも殺しは起こる。それが世の中というものじゃねえのかい？」

和則は言いながら、ちょっとした哲学を話したような気分であった。

「しかし、佳子はどうでもいいけど、あのお嬢さんを殺るのは辛いなあ。おれ、惚れてたから」

「何言ってやがる。人の女房摑まえてよ。そんなこと言うなら、おれだって佳子とはうまくいってたんだ。まあいいじゃねえか、女の代わりなんか、いくらでもいるしよ」

「そりゃそうだけど、しかし、計画どおりいくかなあ……」

「心配するなって。明後日になれば、この床の上に、背中を刺された佳子が死んでいて、あそこの梁《はり》からは、伸子がぶら下がっているって寸法さ。誰が見たって、嫉妬《しっと》に狂った姉妹の悲劇──としか思えねえよ」

和則は梁を見上げて「へへへ」と笑う。梶本は目をつぶり、慌てて十字を切って「アーメン」と祈った。

エピローグ

和則が予言したとおり、事件は「不倫の果ての悲劇」として片づけられた。背中を刺された被害者の上に、加害者がぶら下がっている──という構図も、和則が思い描いたとおりだ。万事「うまくいった」のである。

葬式から三日も経つと、警察もやってこなくなった。スーパーで町の人間と出会っても、ちょっと気の毒そうな顔を見せる程度で、挨拶もふだんどおりになってきた。まったく、人間、死んでしまってはおしまいだ——と、伸子はつくづく思う。生きていればいいこともある。わたしはまだ若い、人生の半分も生きていないんだもの。

ほとぼりが冷めたのを見計らってか、それとも、一人きりでいるのが怖くて、耐えきれなくなったのか、姉の佳子がやってきて、夕食を一緒にすることになった。

さすが気丈な佳子も、事件現場で寝起きする毎日は辛いらしい。もっとも、伸子だったら、とうに逃げだしているにちがいない。そこに四日も住んでいられるのだから、確かに佳子は並の度胸ではないのだろう。

「あんたの角煮は、母さんの味とそっくりだわねえ」

佳子は目を細めて言った。唇に脂が光っていて、妙に淫乱《いんらん》な感じがする。

「柔らかくって、味が滲《し》みていて、おいしいわ」

「一週間も煮込んでるんだもの」

あの時は、和則に食べさせるつもりでいたのだっけ——と、伸子は、舌鼓《したつづみ》を打っている姉の顔を、不思議そうに眺めた。

「何よ、なんかついてる？」

「ううん、そうじゃないけど、不思議だなと思って。割と平気でいられるものだって」

「平気じゃないけどさ、だって、もとはといえば、あいつらが悪いんだもの。こっちは正当防衛よ。まかり間違えば、今頃は逆になっていたんだから」

「そうよね、姉さんの仕掛けといたテープ聞いて、びっくりしちゃった。だけど、どうして分かったの？」

「あははは、分かるわよ、そんなの。梶本の様子がどうもおかしいんで、ひそかに調べてみたら、あのばか、高崎に女をつくって、おまけに借金までつくってたのよね。そのくせ、ちっとも金が欲しいなんて言いださないし、いったいどうするつもりかなって、それとなく用心してたら、あんたを銜《くわ》え込んでさ。どう考えたって、あいつ一人の才覚じゃないわよね。はは一ん、これは、あたしたちにいがみ合いをさせて、喧《けん》嘩《か》で刺し違えたみたいに見せかけて殺そうって気だなって、ピンときたってわけ。それでタイマーをかけたテープを隠しといたら、案の定、ああいう悪巧《わるだく》みをやってるんだもんね。もう一日、遅れていたら、こっちが殺られていたかと思うと、ゾーッとしたわよ」

佳子は首を竦めてみせた。

「姉さんがナイフを突き刺した時の、和則のびっくりした顔ったらなかったわね」

「そう？　あたしは背中のほうだったから見えなかったけど。とにかくあの時は夢中だったな。うまく突き刺さってくれって、神様に祈ったわよ」

「じゃあ、神様が願いを叶《かな》えてくれたんだ」

「そういうこと」

姉妹はいたずらっぽく、笑い合った。

「だけど、姉さんが、子供の頃からずっと、そんなにわたしのこと憎んでいたなんて、知らなかったな」

「だろうね、あんたは大甘ちゃんだからね。知らず知らずのうちに人を傷つけてたって、気がつきゃしないのよ」

「今でも、まだ憎んでる？」

「ああ、憎んでるわよ」

「殺人の共犯になったのに？」

「それとこれとは別よ」

「もしさ、もし、和則が姉さんと組んで、あたしと梶本を殺そうとしたのだったら、どうなっていたかしら？」

「さあねえ、どうしたかなあ」

「やはり、わたしを殺した？」

「そうだねえ……」

佳子は物凄《ものすご》い目で伸子を睨んでから、ニヤリと笑って言った。

「あんたを殺したりはしないだろうな、男の代わりはいくらでもいるけどさ、妹は一人っきりだもの」

逃げろ光彦

1

僕が黒衣の女を最初に見たのは、アークヒルズのすぐ近くにある「芳香亭《ほうこうてい》グリル」という店である。霊南坂《れいなんざか》教会で行なわれた知人の結婚式に義理で出席して、先約があるので披露宴は失礼して、一足先に帰りかけた途中、ふいに襲ってきた驟雨《しゅうう》から逃げ込む恰好でその店の軒下《のきした》に入った。バッグに携帯用の傘を持っているのだが、広げる間もないにわか雨であった。

店のドアが開き、「いらっしゃいませ」と声をかけられ、成り行きで店に入ることになった。ちょうど昼時でもあったし、約束の時刻まで少し間があった。

一人客と見て、ウェーターはカウンター席に案内した。背の高いいわゆるイケメンの男だが、右頰の黒子《ほくろ》が、何となく冷たい印象を与える。僕はむろん、イチゲンの客だから、何を食わせる店かも知らない。メニューを見て、目についた和風オムライスというのが珍しいので注文した。

落ち着いてから見渡すと、シックなインテリアのなかなか洒落《しゃれ》た店であった。この付近の土地勘はないけれど、名の通った店なのかもしれない。

店に入った直後は店内は空いていたが、正午を回ったとたん、次々にお客が飛び込んでくる。付近のオフィスに勤めるサラリーマンの、とくに女性たちのグループ客が多く、テーブルはたちまち満席になった。

その割にカウンター席は空いている。しばらくすると、僕の隣の椅子にバッグを置いて、その向こうに女性の一人客が坐った。かすかな空気のそよぎに乗って、柑橘《かんきつ》系の香水の香りが漂ってきた。

女性は馴染みの客なのか、メニューも見ずに、慣れた口調で、僕が聞いたこともない料理を注文した。ウェーターが去ったタイミングで彼女のバッグの中で携帯電話が鳴った。音量を絞っているらしいが、最近の流行《はや》りらしいメロディが流れた。

女性は誰にともなく「失礼」と会釈して席を立ち、入口近くまで行ってから携帯を開いた。ここからでは会話の中身までは聞き取れないが、切れ切れに「そうじゃないの」と繰り返し言うのが聞こえた。「そうじゃないの」の「そう」にアクセントをつけた喋り方は、相手の反論を封じ込めるようで、いかにも勝気な印象を与える。

その時になって初めて、僕はその女性の顔を見た。いくぶん大柄でそう若くもないが、鼻筋の通ったなかなかの美人だ。窓を背にしているので、なかばシルエットだが、腰がキュッと締まったプロポーションも悪くない。一瞬、黒一色かと見えたが、黒とブルーを基調にしたワンピース・ドレスの上に、細い白のストライプが入った同系色のジャケットという、なかなかシックなファッションであった。僕と同様、どこかの結婚式か、それとも葬式にでも出ていたのかと思わせる。

ずいぶん長い会話だった。僕の料理が運ばれてきた頃になって、彼女は席に戻った。あまり愉快な相手ではなかったのか、苛立《いらだ》たしそうな仕種《しぐさ》で、バッグの脇に携帯を置くと、目の前のグラスを取って水を飲んだ。

間もなく女性の注文したものも運ばれた。カウンターの中の、まだ若い料理人が、愛想よく話しかけるのだが、女性は何か屈託《くったく》するものがあるのか、相槌《あいづち》も上の空で、やがて料理人のほうも会話を諦《あきら》めた。

僕は相当な早食いだが、その僕がまだ食べ終えていないうちに、女性はナイフとフォークを揃《そろ》えると、「ごめんなさい、残しちゃって」と言い置いて、バッグをひったくるようにしてレジへ向かった。食欲を喪失するほどに、不愉快な電話だったということか。それとも急ぎの用事ができたのか。

ドアの外でウェーターが広げた傘を受け取り、店を出て行く女性の後ろ姿を見送ってからほどなく、僕も店を出た。

雨はますますしげくなって、やむ気配がない。傘を開き五十メートルほど行った時、背後から「お客さん」と声が聞こえ、振り返ると店のウェーターが追いかけてくる。雨に打たれ、たちまち濡れそぼってゆくのが気の毒なくらいだ。

ウェーターはぶつかりそうな勢いで近づくと、右手を突き出し「忘れ物です」と怒鳴った。その剣幕に、僕は反射的に手を出した。その手の中に冷たい物体を残して、ウェーターは走り去った。あっけにとられるほどの素早さだった。

少し間を置いて、僕は手の中の携帯電話に気がついた。一瞬（あっ――）と思った。さっきの女性が椅子の上にでも忘れたものにちがいない。しかし、なぜかウェーターを追いかけようという気持ちにはならなかった。それどころか、僕はほとんど無意識のうちに、携帯電話をポケットに滑《すべ》り込ませ、女性の去った方角に視線を凝らした。

雨のレースに霞《かす》んで遠ざかる、女性の黒いシルエットが見えた。僕は傘を傾けて女性の後を追った。急げばすぐに追いつきそうな距離だった。

ところが、女性の足は思いの外《ほか》速い。僕がかなり早足で歩いているのに、なかなか追いつかない。そのうちに彼女が傘をさしていないことに気づいた。さらに近づくと、黒いシルエットはワンピースでもジャケットでもなく、コートで、防水加工を施したと思われる帽子を被《かぶ》っていることも見て取れた。

（人違い――）

僕はサントリーホール前の広場で、立ち竦《すく》むように足を停めた。女性は真っ直ぐ、全日空ホテル（現ANAインターコンチネンタルホテル）に吸い込まれた。周囲を見渡すと降りしぶく雨の中、昼休みを終えた若い男女が行き交い、思い思いの方向へ急ぎ足で散ってゆく。黒い服の女性は見えない。

いまさらのように、僕はポケットから携帯電話を出して、眺めた。銀色の物体がヌメヌメとした爬虫類《はちゆうるい》のような生き物に思えた。

僕はルポライターという職業にもかかわらず、いまだに携帯電話を所持していない。時代遅れの人間というわけではないが、わが家では恐怖のおふくろさんの命《めい》により、携帯電話は禁止されている。携帯電話は家族の絆《きずな》を希薄にする――というのがおふくろさんの主張だ。正直、不満と不便さを感じるのだが、居候《いそうろう》の次男坊という不安定な立場上、逆らえない。そのせいか、こうして携帯電話を手にしているだけで罪悪感を覚える。

いや、この状態は罪悪感どころか、事実上の犯罪行為かもしれない。むろん犯意はないのだが、ものの弾《はず》みとはいえ、結果としてそうなっている。まったく、人間は時として自分でも説明のできない愚行に走ることがあるものだ。

横殴りの雨が携帯電話を濡らして、我に返った。何はともあれ、こうしていてもしようがない。それに、約束した時刻まで二、三分しかない。僕はひとまず、全日空ホテルに入ることにした。

ホテルのロビーには、すでに作家の内田《うちだ》が待機していた。軽井沢から出てきて、きょうからこのホテルでカンヅメだそうだ。頼みたいことがあるからと呼びつけられた。内田は気が短く、人を待たせることは平気だが、待たされるとイライラするタイプだ。勝手に呼びつけておいて、しかもまだ時間前だというのに、僕の顔を見るなり「遅かったじゃないの」と文句を言った。

ともあれコーヒーを飲みながら、彼の頼みなるものを聞いた。例によって取材依頼の話だったが、僕は気もそぞろ状態だったから、何を聞いたかあまり憶えていない。「ではそういうことでいいね」と言った後、内田は僕の顔を覗き込んで、「何かあったのかい？」と訊《き》いた。仕事はチャランポランだが、勘はいい男だ。

「いや……」と言いかけて、僕は携帯電話をテーブルの上に置いた。

「おかしなことになっちゃいました」

ひょんなことから携帯電話を預かる羽目になった話をした。

「そいつはまずいんじゃないかい？　浅見《あさみ》ちゃんらしくないヘマだな。どれ、ちょっと貸してみろよ」

携帯電話を取り上げて、蓋《ふた》を開いた。

「なんだ、電源は切ってあるじゃないか」

「ああ、そういえば彼女、電話している時、煩《わずら》わしそうな様子でした。おちおち食事もしていられないから、電源を切ったのでしょう」

内田は左手で携帯電話を握り、親指一本で電源を入れている。

「けっこう手慣れてますね」

「当たり前だよ、僕だって、いまどきこんなもの……そうか、きみはケータイを持たない主義だったな。じゃあ、使い方も知らないってわけか。時代遅れもいいとこだな」

「いや、使い方ぐらい知ってますよ」

「だったら、その女性のところに、電話を拾ったと教えてやればいいだろう」

「いいですよ、電話番号さえ分かれば」

る。

「あ、そうか……」

内田はともかく電源を入れて、どうすればいいのかな——と、いろいろ弄《いじ》ってい
「大丈夫ですか、壊さないでください」

「ばかにするな。二十五年もワープロで小説を書いている僕がだよ、こんなものが扱えないでどうする」

しかし、口ほどにもなく、あまり使い方に詳しくはなさそうだ。でたらめとも思えるように、むやみやたらボタンを押している。かといって、僕が彼より詳しいわけではないから黙って見ていると、内田が「あれ？……」と液晶画面を覗《のぞ》き込んだ。

「メールが表示されちゃったみたいだ」

頼りない言い方だが、どこをどう弄《いじ》ったのか、確かに画面にメールが表示されている。もっとも、メールといっても文章になっていないような文字の羅列《られつ》だ。機械操作を誤ったせいではないか——と不安になる。

画面には、無意味にしか思えないアルファベットと数字が並んでいる。

〔9／28／16／30　6HPC　3K5000〕

「なんだい、これは？」

当の内田が面食らっている。手に負えないエイリアンの卵を摑《つか》んでしまったように、気味悪そうに顔をしかめて、携帯電話を僕に突き返した。

突き返されても僕も困る。「しようがないですねえ」と、うわべは平静を装いながら、しかし内心、おそるおそるエイリアンの卵を手に取り、子細に眺めた。

画面には着信の日時と時刻が表示されているから、着信記録であることは間違いないらしい。ただし発信者の番号がない。番号非通知で送信してきたということか。

「最初のほうの数字は、月日と時刻を示しているのでしょうね」

「だろうな。つまり九月二十八日の十六時三十分というわけか。後のほうは何だろ？」

「どういう意味ですかねえ？」

「ほかのやつはないのかな？」

画面上に出ているのは最新の着信記録だ。それ以前の記録があるかどうか、検索してみることにして、一つ前の着信記録を出した。その程度の操作は僕でもできる。

〔9／13／22／15　THSP6　5K7500〕

「これも前例からいうと、九月十三日二十二時十五分ということですね。その後のアルファベットと数字の意味は分かりません」

さらにその前を――と操作したが、それ以前の着信記録はなかった。すでに消去してしまったものと考えられる。どうやらこまめに消去する、几帳面な性格の持ち主のようだ。前回分を消し残したのは、うっかりミスかもしれない。

僕はとりあえず数字と記号のようなアルファベットをメモして、元どおりに携帯電話の電源を切った状態にした。メールの中身を勝手に覗いたことに、少なからぬ罪悪感を抱いている。何もしなかったように装うのが最善の方法だと思った。

「どうするつもりだい？」

内田は人ごとだと思っているのか、気楽そうに訊いた。

「どうするって、この携帯電話ですか？　もちろん持ち主に返しますよ」

「返すったって、どうやってさ」

「その女性はこの界隈《かいわい》に住んでいるか、仕事先があるみたいです。さっきの店の常連客でもあるらしいし、いつか会えるか、でなければ最悪、あの店に預けておきますよ」

「なるほど……しかし、勿体《もったい》ないような気がしないでもないな」

「勿体ないって、何がですか？」

「いや、僕はどうでもいいが、浅見ちゃんのために勿体ないって言ってるのさ。あれほどの美人は滅多に会えないぞ」

「あれほどって、見てもいないくせに分からないでしょう」

「いや、分かるよ。女のことを話す時の、浅見ちゃんの目の輝きを見ればね」

内田はニヤニヤ笑い、僕も「ばかばかしい……」と笑い返したが、内田の邪推も、まんざら当たっていないこともなかった。あの女性にもう一度会ってみたい気持ちが、僕の中には確かにあった。内田とこのホテルで打ち合わせするチャンスは、この先たぶん、二、三日置きに発生する可能性がある。その時に返せばいい——と、自分に対する言い訳のように心に決めた。

2

とはいうものの、その日から僕と携帯電話の葛藤《かっとう》が始まった。こいつをどう処理すべきかが、当面、最大の命題であった。他人の忘れ物を猫ばばする行為は明らかに窃盗《せっとう》である。追いかけて渡そうとしたという申し開きは、一時間や二時間——せめて一日か二日なら通用するだろうけれど、忙しさにかまけて、車のコンソール・ボックスの中に放置したまま漫然と三日も経った。いまさらあの店に届けるのも、まして交番に届けるのも気がひけることだ。

　それよりも、この奇妙な暗号めいた数字とアルファベットの羅列が気になった。虜《とりこ》になったと言ってもいいかもしれない。仕事の合間ばかりか仕事中も、携帯電話のことがたえず頭の中を去来した。

　三日目に全日空ホテルへ行って内田と会った時、僕より先に内田のほうからその話題を持ち出してきた。

「あれから、編集者でメールの詳しいやつに聞いたんだけどさ」

　内田が少し得意そうに言った。

「電話の非通知は誰でも簡単にできるが、メールを非通知で送るのは素人《しろうと》には難しいらしいよ。メールアドレスを消すには、何とかいうややこしい機械を手に入れて、特殊な処置を施さなければならないのだそうだ。一般の人間はそんなものは使わない。まあ、犯罪がらみの目的があればべつだがね」

「犯罪ですか……」

　僕はその単語に反応した。（やはり——）という思いだ。

「そう。つまり、あの数字とアルファベットの羅列は、犯罪がらみの暗号である可能性が強いってことだ」

「もしそうだとすると、危険な事態に巻き込まれかねませんね」

テーブルの上の携帯電話を挟んで、二人で考え込んだ。

「返しちゃったほうがいいんじゃないか」

臆病な内田は心配そうに言った。

僕もそう思うが、謎めいた携帯電話と、それにあの黒衣の女性に未練が残る。「そうですね」と、煮えきらない答え方をしながら、メールの文字を写したメモを眺めた。

〔9／28／16／30　6HPC　3K5000〕

〔9／13／22／15　THSP6　5K7500〕

暗号というほど難解ではなさそうだ。日付と時刻と思われる部分を除けば、〔6HPC　3K5000〕と〔THSP6　5K7500〕の意味さえ解けばいい。

その時、隣のテーブルの若い女性二人の会話の、「六本木ヒルズの……」という部分がクローズアップして聞こえた。僕の視線がたまたま〔6H〕のところに向いていた時だったから、視覚と聴覚が重なった。

僕は内田のほうに顔を寄せるようにした。内田も密談であることを理解して、顔を寄せてきた。傍《はた》から見ると、年配のおじさんと若いおじさんが顔を寄せ合って、少し気持ちの悪い光景かもしれない。

「この〔6H〕ですが、〔六本木ヒルズ〕の頭文字ってことはないでしょうか」

「これがかい？……」

内田はしばらくメモを眺めていたが、あまり感心した様子は見せなかった。

「どうかなあ、ちょっと無理なんじゃないの？　だったら〔PC〕ってのは何さ？　その後の〔3K5000〕は何なのさ？」

「そこまではまだ分かりませんが」

「そもそも、どういう根拠からそんな発想が生まれたんだい？」

「いや、隣の女性が六本木ヒルズって喋っているのが聞こえただけです」

「ばかばかしい。そんなことで暗号を解こうっていうのが図々しい」

言いながら、チラッと隣の女性たちに視線を送った。二人ともなかなかの美形である。とたんに内田の態度が変わった。

「なるほど、一考に値するかもね」

それこそ、どういう根拠からそう思ったのか訊きたいくらいだ。

「もし難しい暗号なんかではなく、単なる覚え書きだとしたらどうなりますかね。たとえば最後の〔3K5000〕をそのまま解釈すると『三キログラム　五千万円』とか」

「麻薬か……」

内田はがぜん、恐ろしげな顔になった。

「たとえばの話です」

「いや、たとえばらなくても、そうかもしれない」

妙な日本語だが、僕も内田も笑う気になれない。冗談でなく、ほんの思いつきで言ったことの信憑性《しんぴょう》がにわかに高まった。

「ヤバいな」

長い沈黙の後の、それが内田が出した結論であった。むろん僕も同感だ。

「返したほうがいいでしょうね」

「うーん、それもどうかな。いまとなっては危険かもしれない。テキはこっちが秘密を覗いたと思うだろうからね」

「かりに中身を見たと思っても、意味を解したとは思わないでしょう」

「そうとも言えない、僕がやつらだとしたら、万全を期してきみを抹殺するだろうね」

「脅かさないでくださいよ」

しかし内田の言うとおりだ。かといってこのまま放置しておくわけにもいかない。

「こうしたらどうだ。間違って浅見ちゃんに渡したウェーターに突き返すってのは」

「そんなことを言っても、もう三日も経っているんですよ」

「いいじゃないか。あれから家に帰って、これは僕のじゃないことに気がついた——とでも言えばいい。わざわざ返しに来てやったみたいな、でかい顔をすれば恐縮するよ。そもそもは向こうのミスなんだから。そうだ、そうしろそうしろ」

内田はけしかけるように言うと、「あとで部屋のほうに来いよ。仕事の打ち合わせはそっちでやろう。ルームサービスでカレーライスぐらい奢《おご》ってやるよ」と、さっさと席を立って行ってしまった。

ほかにいい智恵もないので、僕は内田の言うとおり、芳香亭へ行ってみることにした。気は進まないが、うまくすれば「黒衣の女」に遭遇する可能性もある。

このあいだと違って天気もよく、石畳の坂道は快適な散歩コースなのか、まだ昼前だというのに、ひまそうなカップルと何組もすれ違った。芳香亭はそろそろ客の入り込みが始まっていた。

内田がカレーライスを奢ってくれると言っていたから、そのつもりはなかったのだが、可愛らしいウェートレスに「いらっしゃいませ、あちらのお席にどうぞ」と誘われると、引っ込みがつかなくて、このあいだと同じカウンターの前の席に着いた。

それしか知らない和風オムライスを注文して、店の中を見回した。例のウェーターの姿は見当たらない。死角の辺《あた》りにでもいるのかとしばらく様子を見たが、なかなか現れない。店内のどこか、オムライスを平らげて、本格的に観察したが、どうやら休みらしい。諦めて引き揚げることにした。

レジで支払いをしながら、訊いてみた。

「いつものウェーターさんは休みですか？　ほら、右の頰に黒子のある人」

とたんにレジの女性の表情が変わった。不吉な予感を抱かせる顔だ。「ちょっとお待ちください」と奥のほうへ行った。誰か事情に詳しい人間に確かめに行ったのかもしれないが、僕はただならぬ気配を察知して、釣銭を摑むと急いで店を出た。

坂を下っていると、背後に乱れた足音が聞こえた。僕は振り向きもせず足の運びを早めた。角を曲がる時にチラッと背後に視線を送ると、二人の男が明らかにこっちを目指して追っている。僕は角を曲がってから、急に走りだした。サントリーホールの広場を疾走して、全日空ホテルに飛び込むと、エレベーター脇の階段を五階まで一気に駆け上がり、そこからエレベーターに乗った。追手が迫った感触はなかったが、二十一階の内田の部屋に入るまで、生きた心地《ここち》がしなかった。

「どうしたの？」

内田は呆《あき》れて口をぽかんと開けている。

「顔色が悪いぞ。それに汗をかいている。腹がへったのなら、いまカレーライスを取ってやるから」

「いや、カレーじゃなくて、ですね……」

僕は説明したくても、息が切れた。

「なんだ、カレーがいやなら、オムライスにするけど」

「そういう、問題じゃ、ないのです。えらいことに、なりそうです」

ようやく呼吸が整ってきて、僕はとぎれとぎれに、ことの次第を解説した。

「そいつはヤバいぞ」

内田は慌ててドアスコープを覗き、耳をすまし、ドアを細めに開けて廊下の様子を確かめている。

「いまのところ大丈夫らしいが、しかしまずいことになったな。あの手の連中は後先《あとさき》を考えないから、何をやらかすか分からない。下手すれば冗談でなく、消されるぞ。当分、このホテルから出ないほうがいいな」

「そういうわけにもいきません。早く帰って『旅と歴史』の原稿を書かなきゃならないのですから」

「あんな雑誌なんか、締切りの三日や四日遅れたって構わないだろう」

「ですから、すでにその締切りを四日も経過しているのです」

「そいつはまずい。原稿締切りは死んでも守るべきだよ。十月発売なんだろ？　どうしていいままで放っておくのさ」

言うことがチャランポランだが、それを笑っている余裕はない。とりあえず、内田の仕事の打ち合わせだけを終えたら、ここから脱出する方法を考えることにした。内田の仕事というのは、例のごとく下調べと代理取材だった。長野県南の伊那《いな》地方、昼神《ひるがみ》温泉の近くで事件があったので、その詳細を調べて来て欲しいというものだ。モノになりそうなら、小説に仕立てようというハラだ。

「あの辺りは歌枕で有名な『園原《そのはら》』のある、風光明媚《めいび》のところだよ。温泉に入って山菜料理を食って、羨《うらや》ましいかぎりだな。いっそ僕が行きたいくらいだ」

（だったら自分で行けばいいのに——）と言いたいのを抑えて、ありがたく引き受けることにして、「さて、どうしよう」ということになった。

「警察に通報するのがいいんじゃないか」

「そうはいきませんよ。こっちにも後ろめたいことがあるのを忘れないでください。

それに第一、追ってきた二人が怪しいというだけで、まだ襲われたわけじゃないのですからね」

「しかし、襲われてからじゃ遅いだろう。腹とか胸とかを刺されて、瀕死の重傷です――なんて一一〇番するつもりか？」

「どうしてそう、最悪のことを考えるのですかねえ。まあ、ほとぼりが冷めるまで待ってみて、それから脱出しますよ」

「そうだな、それがいいな。それよりまず昼飯にしよう」

内田は僕用にオムライス、自分用にはステーキランチを注文した。その差別が憎たらしいが、僕のほうはじつはすでにオムライスを食べてきているのだった。

内田は冷蔵庫からコーラを二缶取り出し、僕に一本を渡し、「テレビでも見るか」と、ソファーにそっくり返った。

テレビは昼のニュースの途中だった。アナウンサーがいきなり、「昨夜、港区赤坂一ツ木通りの路上で殺害された男性の身元が明らかになりました」と言った。画面は事件発生当時らしい、一ツ木通りの現場の夜景に変わり、「この男の人は新宿区下落《しもおち》合《あい》に住む、飲食店勤務の片岡道夫《かたおかみちお》さん二十八歳で……」というアナウンスと共に、モニター画面には殺された男の顔写真が映し出された。

「あっ、あの男……」

僕は思わず叫んで、飲みかけの缶コーラを床の上に取り落とした。芳香亭の例の若いウェーターが、面白くもなさそうな顔でこっちを見ている。

「おいっ、なんてこった」

転がった缶コーラを、内田が慌てて拾い上げ、ティッシュを使ってカーペットの被害を最小限に食い止めてから、訊いた。

「あの男がどうしたって言うのさ？」

画面はすでに次のニュースに移っている。富山県八尾《やつお》の風の盆で起きた殺人事件の続報だった。世の中、凶悪な犯罪が続出して、わが国の治安もかなり悪化してきている。しかし、いまやそれが人ごとではなくなった。凶悪犯罪が、まさに僕の喉元に突き刺さりそうな事態である。

「そうなのか、さっきのがそいつなのか」

僕が手短に話すのを聞いて、内田は「ほうっ、ほうっ」と興奮ぎみだ。

「一ツ木通りといえば、ここからつい目と鼻の先みたいなもんだな。やっぱり連中はこの付近をうろついているぜ。へへへ、恐ろしいことになったじゃないの」

怖がっているのか、喜んでいるのか分からない。

「どうしたらいいですかね」

　さすがの僕も、現実に殺人事件――しかも僕が関わっているとしか思えない人物が殺された事件に直面して、途方にくれた。

「しようがないから、最後の手段に訴えるしかないな」

「最後の手段といいますと？」

「決まってるだろう、浅見ちゃんの兄上に救出を頼むこった。警察庁刑事局長どの自らご出馬とあっては、ヤクザも麻薬マフィアも手出しはできないだろう」

「だめですよそんなの。それは確かに、兄に相談すれば何とかしてくれるでしょうけど、僕が携帯電話を猫ばばしたのが原因で殺人事件が起きた――なんていうんじゃ、兄に迷惑がかかるでしょう。それより何より、そんなことが恐怖のおふくろさんに知れたら、たちどころに三界《さんがい》に家のないことになっちゃいます。それとも、軽井沢に転がり込んでもいいんですか？」

「だめだよ」と、内田は冷たく拒否した。

「となると、浅見ちゃんが自分で事件を解決する以外、道はないね。うん、それがいい」

　勝手に宣言している。しかし内田の言うとおりだ。自分で蒔《ま》いた種は自分で刈らなければならない。僕は覚悟を決めた。

3

三時を過ぎた頃から雨模様になってきた。そういえば昼のニュースで、天気予報が「秋雨《あきさめ》前線が北から下りてきて……」と言っていた。脱出するには都合のいい条件かもしれない。内田が「変装用に僕のコートと帽子を貸してやる」と言ってくれた。黒いコートに黒い帽子では、かえって目立つような気もしないではないが、せっかくの親切を無にすることはない。

結局、僕が内田の部屋を出たのは、夕闇迫る午後六時過ぎになった。雨は降りつづいているし、いくらしつこくても、この時間まで張ってはいまいと思ったが、それでも駐車場に下りて行くあいだ、廊下でもロビーでも周囲に気を配り、物陰から突然襲われるような場所を避けて歩いた。

駐車場専用のエレベーターに乗り、ドアが閉まる寸前、女性が走り込んできた。一瞬、ギョッとした。(あの女だ——)とすぐに分かった。顔を見る前に柑橘系の香水の匂いに記憶が反応した。例によって黒っぽい服を着ている。デザインも色も違うのだが、全体のイメージが似通っている。よほど黒が好きなのだろう。僕も黒い帽子に黒いコートだから、傍目《はため》には似合いのカップルに見えそうだ——などと、この危急存亡の時にふさわしくないことを思った。

彼女も僕の顔にチラッと視線を向けたが、見憶えはなかったらしい。芳香亭でも、真っ直ぐ僕を見てはいない。ポケットの携帯電話を見せないかぎり、見破られるおそれはないようだ。

僕も彼女も地下五階の駐車場に下りた。しかもエレベーターを出て、向かう方角も同じだった。女性の後からついてゆく恰好になった。広い駐車フロアにハイヒールの音と、僕の重たげな靴音が谺《こだま》した。

十歩ほど歩いた頃、女性の後ろ姿がこわばるのが見て取れた。明らかに僕の存在を意識している。同じ方角へ向かっているのは偶然でしかないのだが、彼女はこの黒ずくめの男に悪意を感じているにちがいない。

（そろそろ振り向くかな——）

そう思った瞬間、黒衣の女は振り向いて、キッと身構えた。

「何か御用ですか？」

「いいえ、べつに」

僕は軽く帽子に手を当てて答えた。間抜けな微笑を浮かべていたかもしれない。女は勘違いを悟ったのか、それとも箸にも棒にもかからない相手——と見定めたのか、クルッと向きを変えると、さらに足早になって歩きだした。僕も急ぐでもなく、彼女の行くほうへと歩く。距離は少しずつ開くが、まるで彼女の足跡をトレースしているような具合だ。これでは疑惑を抱かれても仕方がない。

濃紺のBMWの前で彼女の足が停まった。僕に一瞥《いちべつ》を投げると、左ハンドルの側のドアを開け、形のいい尻からスルリと車内に入った。

間の悪いことに、僕のソアラ嬢はBMWの隣に鎮座《ちんざ》している。女性がイグニッションキーを回す前に、僕はその脇に佇《たたず》み、ソアラのドアを開けた。あいだにドアと四、五十センチの距離を隔てた位置に、僕と女性はいることになる。いくら偶然とはいえ、これでは誤解されても仕方がない。

彼女はたぶん、僕がシートに納まるまでの一挙手一投足を見つめていたにちがいない。視線を頬に感じて、シートベルトを着けながら見ると、女性も僕のほうを見ている。僕は無意識に帽子を脱いで、笑顔で会釈した。

意外にも、女性は当惑したように、頬を歪《ゆが》めるような笑みを浮かべて、軽く黙礼を返してくれた。どうやら僕に他意のないことを納得してもらえたようだ。それどころか、わざわざドアを開けて顔を突き出してくる。僕も急いでパワーウインドウを下げた。おじさん同士ではなく、美女と青年紳士なら多少は絵になりそうだ。

「ごめんなさい、痴漢かと思ったの」

「こちらこそ、怖い思いをさせて申し訳ありません」

「ううん、怖くはないわ、あなたなら」

婉然《えんぜん》と笑って言った。僕は照れて「あははは」と笑ったが、心臓にミサイルを撃ち込まれたほどのショックだった。

「お詫びのしるしに、お茶をお付き合いしてくださる？」

「そうですね……」

僕はもっともらしく時計に視線を落としたが、べつに考えるまでもなく、こういう、降って湧いたようなチャンスを逃す道理はなかったのだ。

「では、行きましょうか」

シートベルトを外して、ドアを開けた。女性も降りてきて、何となく並ぶ恰好で歩きだした。彼女はごく自然に僕の腕を取った。初対面にしては少し馴れ馴れしいかな──とも思ったが、まあ悪い気はしない。その反面、退路を絶たれた感もなきにしもあらずだ。

どこへ「お茶」を飲みに行くのかは、もちろん彼女任せである。

「失礼ですが、お名前は？　私は薫《かおる》、井上《いのうえ》薫といいます」

「僕は、浅見です。浅見光彦《みつひこ》」

名乗らない理由もないので、素直に本名を告げた。

「まあ、きれいな名前」

「いや、あなたのほうこそ、美しい名前じゃないですか」

駐車場を出てエレベーターに乗った。ロビーで上層階へ行くエレベーターに乗り換え、二十六階まで上がる。エグゼクティブフロアで、内田の部屋よりはかなり高級な部屋が並んでいるはずだ。それはいいけれど、まさか彼女の部屋に連れ込まれるのでは――と、いささかビビッた。

「どこかでお目にかかったことがあるかしら？」

井上薫は狭いエレベーターの中で向かい合い、小首を傾《かし》げるようにして、訊いた。

僕は（見破られたか――）と、ドキリとした。

「じつは、僕もそんな気がしたのですが、たぶん錯覚だろうと思い返しました。それに、そういうことを言うと、口説きの常套句《じょうとうく》と思われそうでしたしね」

「あはは、私のほうも、それかもしれませんわよ」

軽いジャブの応酬といったところだ。

エレベーターが停まると、薫は慣れた足取りで歩いてゆく。こういう場所に経験のない僕は、悔しいけれど心理的な圧迫を感じながら、彼女に追随するほかはなかった。

「このフロアにティーラウンジがあるのでしょうか？」

一応、訊いてみた。

「いいえ、私の部屋。おいやかしら？」

あっけらかんと言ってのける。

「それは……いやではありませんが、初対面の僕のような男が、いきなりお邪魔するのはどんなものでしょうか」

「あら、いけませんか？　誰だって、知り合う時は初対面ですわ」

「それはまあ、そうですが」

彼女は２６１３号室の前で足を停め、カードキーを差し込むと、無造作にドアを開け、「どうぞ」と言い置き、さっさと部屋に入った。広い部屋、ふかふかの絨毯《じゅうたん》、レースのカーテンの向こうに広がる赤坂界隈の街並み……これだけでも圧倒されそうだが、化粧台の上を見ると、化粧品類が立ち並び、一日や二日の滞在でないことが分かる。このスイートルームに長逗留《ながとうりゅう》できる女性とは、いかなる素性《すじょう》なのか、興味以上のものを感じた。

テーブルの上のバケツに刺さったシャンパンのボトルに手をかけながら、女性は誘うような目で「お飲みになる?」と言った。

「いや、僕は車ですからね」

「あはは、そうよね、私もそうだけど」

薫は備えつけのティーセットで、紅茶を入れてくれた。

「浅見さんて、何をなさってらっしゃるのかしら?」

「これでも物書きの端くれです。旅の雑誌に旨いものの記事などを書いています。あなたは?」

「私は、何だろう? ニートかな。流行の最先端をいってるのね。あはは……」

屈託なさそうに笑った。よほど演技力に秀でているのか、はぐらかそうとしている感じはなく、筋金入り(?)の遊び人そのものという印象だ。しかし僕は騙《だま》されはしない。例の携帯電話の秘密を握っている。

「さっきは出掛けるところではなかったのですか?」

「そのつもりでしたけど、いいんです。どうせニートなんだから。それより浅見さんのほうこそ、お忙しいんじゃなくて？」

「いや、僕も似たようなものです。あなたと違うのは、リッチじゃないところかな」

「リッチねえ、そう見えます？　ただ、親の遺産を食いつぶしているだけ」

その時、電話のベルが鳴った。薫は「誰かしら、いま頃」と、不愉快そうに眉根を寄せて受話器を取った。「はい、繋《つな》いで」とワンポーズあったところを見ると、外線からかかってきたものらしい。

「ええ、いらっしゃるけど？……」

怪訝《けげん》そうな目が僕のほうを向いて、受話器を突き出した。

「浅見さんにですって」

「僕に？……」

彼女以上に、僕のほうが虚を衝《つ》かれた。何かの間違いだろう——と思ったが、受話器を受け取って耳に押し当てた。警戒心をあらわにして「はい」とだけ言った。

「浅見さんですか？」

地獄の底から聞こえるような、妙にくぐもった声だ。

「そうですが」

答えたとたん、電話は切れた。

「どういうことだろう?……」

僕はそのまま受話器を握って、ぼんやり佇んでいた。相手が何者で、どうしてここに僕がいることをキャッチしたのか、不気味だ。井上薫の一味が僕の存在を確かめるために、電話をしてきて、彼女もひと芝居打っているのかと邪推してみたが、どうもそのシナリオには無理がある。

「どういうこと?」と薫も訊いた。

「妙ですねえ」

ようやく受話器を置いて、彼女のほうに向きを変えた。射るような目が、斜めに僕を見ている。薫も同じ考えなのだろう。疑わしいが断定はできない——という顔だ。

「ちょっと失礼」

薫は言い置いて、隣の部屋に入った。ドアの開閉の時にダブルベッドが見えた。僕は慌てて、あらぬ方角へ視線を逸《そ》らした。

(それにしても、いったい何者?——)

最初に思い浮かんだのは内田のことだが、彼にしたって、僕がここにいることを知りうるはずがない。

十分か十五分か、ずいぶん長い時間、待たされた。いま起きた不可解な「電話事件」のことで、どこかと連絡を取っているのかと思った時、ドアが開いて薫が現れた。黒っぽい外出着を華やかな部屋着に着替えている。胸元が大きく広がって、谷間の上端がくっきり見えた。

「出掛けないことにしました」

婉然と笑って、テーブルの上のシャンパンに手を伸ばした。僕は猫に追い詰められたネズミの心境になった。こうなったら、窮鼠《きゅうそ》かえって猫を嚙《か》むよりしようがない――と、妙な気負いが生じた。井上薫の本性を確かめ、その先にあるであろう麻薬シンジケートを暴《あば》いてやろうじゃないか――などと思った。

「あなたもゆっくりなさって」

薫はグラスを二つ並べ、シャンパンを抜きにかかった。

「僕がしましょう」

差し出した手を、薫は「いいの」と払いのけるようにして、「それより、あなたも上着をお脱ぎになって」と、ジャケットの襟元に手を伸ばしてきた。

僕は慌てて「いや、自分で脱ぎます」と一歩、退いた。幸い薫はシャンパンに専念したが、内ポケットの携帯電話に感づかれかねないところだった。

また電話のベルが鳴った。僕はジャケットを脱ぎかけたポーズで動きを停めた。

「うるさいわね」

薫は左手でシャンパンを持ったまま、右手で受話器を握った。先方の声を聞いた瞬間、さっきよりいっそう眉をひそめて、僕に向けて無言で受話器を突きつけた。

僕が受話器を取り、「はい」と言ったとたん、「何も答えなくていい」と兄の声が聞こえた。

「すぐにそこから逃げろ、光彦、いいな、逃げろ！」

「…………」

僕は言われたとおり、終始無言のまま、受話器を置いた。そこまではゆっくり、そして脱兎《だっと》のごとく動いた。ソファーの上のコートを摑み、「失礼します」の声を後ろに投げ捨てて、ドアへ向かった。

4

エレベーターと逆の方角に走り、階段を使った。間一髪だったようだ。階段口のドアが閉まりきる寸前、エレベーターホールに乱れた足音が聞こえた。僕はラバーソールの靴音をさらに抑えるようにして、二十五階まで一気に下り、エレベーターに乗った。

疑心暗鬼というやつだろうか、ロビー階で降りて、地下駐車場へ行くエレベーターに乗り換えるまでのあいだ、少なくとも三人の胡散《うさん》臭そうな人物を見かけた。油断のならない鋭い目で周囲の様子を窺《うかが》っている。実際、僕のほうに視線を飛ばした者もいた。彼の前を通過する時、僕はとっさに悠然とした態度を装って、のんびりした足取りで歩いた。背後でただならぬ気配を感じて振り向くと、僕と似たような年恰好の男がその男に摑まって、何やら脅されているらしい様子だ。人違いされたのは気の毒だが、僕はそれを尻目にさっさと脱出した。

車に乗ったからといって気を緩めるわけにはいかない。すでに黒衣の女の仲間は、僕の行動を予測して動いている可能性があった。駐車場を出る時、背後に黒いベンツが追尾してくる。そんなのはただの偶然で、気の回しすぎかもしれないが、僕は地上の道路に出ると、わざとその車をやり過ごそうと停止した。

案の定、黒いベンツは僕のソアラを通り過ぎたところで、慌てたように道路端に車を寄せた。男が二人乗っていて、バックミラーでこっちを見ているのが分かる。

僕はスタートダッシュをかけて六本木交差点へ向かう坂を一気に走った。ここは交通量の多い道路だ。ジグザグに走って、何台もの車を抜き去った。そのつどクラクシヨンを鳴らされたが、身の安全には代えられない。交差点の信号に引っ掛かって、背後を見たが、黒いベンツの姿は見えなかった。

けやき坂通りの緩い坂道に入り少しスピードを抑えた。六本木ヒルズの前を走り抜ける。巨大ビルのグラスウォールに、銀座通りとはひと味違う都市美が輝く街だ。ひと頃のブームが去って、この界隈も落ち着きを取り戻した。並木がよく整備された歩道には、ファッションを競い合いながら、若い女たちが颯爽《さっそう》と歩く。

一瞬、僕の視野を「C」の文字が掠《かす》めた。その残像に重なるように、「6HPC」の文字が蘇った。

〔六本木ヒルズ　PARKING　C〕

視界には次のパーキング場の「D」の文字が大きく迫っている。ビルの中の行き先に対応して、それぞれA〜Eの駐車場が定められているらしい。

(これなのかな?——)

僕は確信がなかった。「6HPC」が〔六本木ヒルズ　PARKING　C〕だとしたら、もう一つの暗号「THSP6」とは何なのか?

「THとは?……」

口に出してみた。けやき坂通りを過ぎて、麻布十番の路地に入ったところで車を停めた。

（そうか、帝国ホテルか──）

ふと思いついた。「TH」が帝国ホテルのイニシャルなら、SPは「スカイパーク」かもしれない。帝国ホテルに電話して、駐車場ビルを「スカイパーク」と称《よ》ぶかどうか、確かめてみた。答えは「イエス」だった。

暗号の「9／13」が日付なら、その日はとっくに過ぎている。そして「9／28」はまさに明日の日付であった。明日の午後四時三十分に、六本木ヒルズ「C」駐車場で三キログラムの麻薬取引があり、五千万円がやり取りされる……のだろうか？

僕は心臓が重苦しくなった。

（あの女、その後どうしたかな？──）

そのことも、もう一つの懸念材料だった。間一髪、僕と入れ違いにエレベーターから降りてきた男たち（たぶん複数だった）が彼女の同類であるならともかく、もし敵対関係にある者だとすると、いま頃はどうなっているだろう──。

そう考えはじめると、彼女を置き去りにしてきたことが、ひどく無責任な行為に思える。そのせいか、ポケットの中の携帯電話がズッシリと重みを増した。取り出して、恐る恐る電源を入れてみた。待ち受け画面はピアノの鍵盤の上を歩く小犬の動画である。その後、新たな着信はないらしい。紛失に気づいた時点で、いち早く関係者に連絡して、通信を差し止めたのかもしれない。

それにしても——と僕はもう一つの疑問に頭を悩ませた。兄はなぜ、僕が井上薫の部屋にいることを知っていたのか——だ。おまけに、僕に電話で危険が迫っていることを伝えた。「逃げろ、光彦！」という声は、いつも冷静沈着な兄とは思えないほど、緊迫した口調だった。

その時、まるで僕が携帯電話を手にしているのを察知したかのように、着メロが鳴りだした。密室状態の車内で、僕は反射的に周囲を見回した。電話に出るべきか否《いな》か迷った。しかし結局、僕は二つ折りの携帯電話を開いて、耳に押し当て、「はい」と、用心深く答えた。

「あっ、やっぱりあなただったのね、浅見さんでしょう？」

井上薫の声だ。僕はすぐには声が出なかった。薫は「ね、そうなんでしょ、浅見さんでしょう？」と催促する。僕は思い切り声を変えて、「あんた、誰だ？　どこに電話してるんだ？」と言った。

「あら、違うの？……変ねえ……いいわ、どっちにしてもあなた、その携帯電話を拾った人なんでしょ。だったらすぐに返してちょうだい。でないと災難が降りかかるわよ」

「ほほう、面白いね。どういう災難が降りかかるのかな」

「冗談でなく、生命《いのち》の保証もしないわ」

「なるほど、そいつはヤクに絡《から》んでいるからってことかい？」

「ふーん、メールを見たのね……まあ、そう思ってもらっていいわ。分かったら早く返しなさい」

「断ったらどうする？」

「そうね、新聞にあなたの死亡記事が載ることになるわ。運がよければ、テレビのニュースになるかもしれない」

「しかし、おれがどこの誰かも分からないのに、どうやって死亡記事を書かせるつもりなんだい」

「甘いなあ。見つからないと思ったら大間違いね。あの連中のやることは情け容赦もないんだから。嘘だと思ったら、夕刊の社会面を見るといいわ。テレビのニュースにもなってるんじゃないかな。あなたに携帯電話を渡したウェーターが殺されたのよ」

「ほうっ……」

僕はわざとらしく驚いてみせたが、何の罪もないウェーターがとばっちりで殺されなければならなかったことに、いまさらのように責任を感じた。それと同時に、彼の恨みは必ず晴らさなければ——と心に誓った。

「あんたとその連中とは、どういう関係なんだい？」

「そんなことはあなたに関係ないでしょう。だけど、どうしても聞きたいのなら教えてあげる。まあ、切っても切れない関係かな。彼らがいるお蔭で、私は食べていける……そんなことはどうでもいいから、携帯電話を返してちょうだい。あなたの身のためなのよ」

「いいだろう、返すよ。おれが持っていても意味がないからね。だけど、謝礼はあるんだろうな」

「呆れた。猫ばばしたくせに謝礼を要求するわけ？　でもまあ、タクシー代と手間賃ぐらいなら出すわ」

「ははは、でかい悪事を働いている割に、言うことはセコいな。じゃあ、おれのやり方で返すことにしよう」

「あなたのやり方って？」

「おれの指定する場所に取りに来てくれ。場所は帝国ホテルのスカイパーク六階というのはどうだい。いや、六本木ヒルズのCパーキングのほうがいいかな」

「だめ！……」

井上薫は言下に拒絶した。

「あなた、分かってないのね。ふざけている場合じゃないって言ったでしょう。言っとくけど、六本木ヒルズには当分のあいだ近寄らないほうがいいわよ」

「ふん、あんたに指図されるいわれはないだろう。おれは六本木ヒルズが好きだから行くだけのことだ」

「じゃあ、勝手に行くといいわ。だけど、携帯電話の受け渡しは違う場所にしなさい。そうね、赤坂の全日空ホテル、２６１３号室。そこに明日の正午頃、いらっしゃい」

「全日空ホテルか……安全そうだな。そこがあんたの城か？」

「差し当たりね。で、ＯＫならノックは三回を三度、それがあなたの合図。いいわね」

「了解した」

電話を切って、心臓の鼓動が聞こえるくらい緊張しているのが分かった。

事態が急転回している。そもそも井上薫という女は何者なのか？——という疑問は少しも解明されないままだ。

彼女の部屋に兄から電話があった理由も分からない。「逃げろ」と命じられるま、慌てふためいて逃げだしたが、なぜ逃げなければならなかったのか。その後、やってきた連中が何者で、目的は何だったのか。

兄の電話の様子だと、かなり危険な連中らしいのだが、それにしては井上薫が無事でいることが不思議だ。やはり彼女の同類だったのだろうか。

(いったい、何が起きているんだ?――)

なんだか、先の読めない大きな筋書の中で踊らされているような気がして、あまり愉快ではない。

しかも、ストーリーはまたややこしいことになりそうな気配である。井上薫の求めに応じて、彼女の部屋に携帯電話を返しにゆく人物を急いで登場させる必要が生じた。そんなのは到底、無理な話だが、もしそうしないとどういうことになるのだろう。

井上薫は「猫ばば」の犯人が「連中」に殺されるような口ぶりだった。彼女と電話で話したのは架空の人物なのだから、そんなことがあってたまるか――と思うのだが、万一ということもある。現に芳香亭のウェーターが殺されている。

テキが僕の車のナンバーを見ている可能性のあることも不安材料であった。井上薫がテキの同類だとしたら、僕の正体はすでにバレていると思わなければならない。いまのところ、僕が「猫ばば」の犯人だとは気づいていないだろうけれど、早晩、僕に疑いが向けられるにちがいない。

得体の知れない連中が、僕の家や家族に襲いかかってくる事態を想像すると、気が遠くなりそうだ。こうなったら最後の手段を取るしかない。僕は自動車電話から、兄の執務室に連絡してみた。ああいう電話をしてくるのだから、兄はこの騒ぎのすべてを掌握しているのかもしれない。緊急の場合以外、電話は禁じられているのだが、この際、そんなことも言ってられない。

珍しいことではないが、兄は不在だった。顔見知りの秘書官が「お帰りは何時になるか未定です」と、愛想のない口調で言った。となると、帰宅するのを待つほかはない。

注意しながら車を走らせたが、自宅付近に、いまのところ怪しい人物の姿はなかった。しかし何が起こるか知れない。時間に遅れて一人だけ夕食のテーブルについたが、緊張で料理の味を楽しむどころではなかった。

5

兄はついに午前様であった。玄関で顔を合わせたとたん、「兄さん」「光彦」と同時に言葉を発して、阿吽《あうん》の呼吸のように、そのまま兄の書斎になだれ込んだ。迎えに出ていた兄嫁の和子《かずこ》も、廊下ですれ違ったおふくろさんも、呆れた顔をしていた。

「昼間の電話だけど、あそこに僕がいることを、どうして知ったのですか？」

「どうして……それはこっちのほうが訊きたいところだ。なぜあんなところに入り込んでいたんだい？　橋本《はしもと》警視から連絡があった時は、さすがの私も驚いたよ」

「えっ、橋本さんがいたのですか？」

橋本警視というのは、赤坂署管内で起きた事件で、僕が捜査に協力した時の刑事課長だった人物だ。その事件がきっかけで、兄ともパイプラインができているらしい。兄のほうから、それとなく僕の「暴走」をチェックさせているのかもしれない。

「なんだ、気がつかなかったのか。きみがホテルの部屋に入って行くのを目撃して、どうすればいいか、相談してきた」

「つまり、あの部屋を監視していたってことですか」

「そうだ」

「彼女——井上薫という女性は何者ですか？」

「驚いたなあ。それも知らずに付き合っているのか」

「付き合ってなんかいませんよ。口をきいたのもきょうが初めてなんだから」

「そうむきになることはない。現に彼女の部屋に入り込んでいたじゃないか」

「入り込んだなんて、人聞きが悪いなあ。それにはいろいろ事情があるんだけど」

「だから、その事情なるものを聞かせてもらいたい」

「僕のほうこそ、どういうことなのか、いったい何が起きているのか聞きたいです」

「なんだ、きみのほうが詳しいのじゃないのかね」

「いや、ある程度のことは分かってるけど、全体像は把握してませんよ。僕が摑んでいるのはこれだけ」

ポケットから携帯電話を出して、兄のテーブルに載せた。兄はあまり意外そうな顔も見せずに、「妙な物を摑んだな」と笑った。

「笑い事じゃないですよ。まさか、兄さんはこの携帯電話のことも知ってるんじゃないでしょうね」

「いや、知らないよ。本事件について私が知ったのは、きみがホテルの部屋に入り込んだという、橋本警視からの報告が最初だ。きわめて切迫した状況なので、弟さんに可及的速《すみ》やかに退去するよう、私から説得してもらいたいと言うから、とにかく『逃げろ』とだけ言った。どうだい、効果的だっただろう」

「それは確かに……兄さんの口ぶりから、よほど危険なことが迫っているのだと思いましたよ」

「その後、電話で事件の概要を聞いたが、橋本警視も、なぜきみがあそこに現れたのか、まったく想定外だったそうだ。それでうろたえて、私に善処方を頼んできた。それ以上のことは何も聞いていない。所轄署段階の捜査に関与するわけにもいかないしね。まあ、きみが関わっている点については、兄として多少の責任は感じるが」

「兄さんに迷惑をかけるつもりはありませんよ。この携帯電話をたまたま手に入れたことから、事件に巻き込まれただけ。もちろん、猫ばばする目的なんかじゃないです。これに何らかの事件性があることを察知して、僕なりに真相解明をするつもりでした」

僕は携帯電話を開いて、問題のメールを兄に見せた。二つの「暗号」をひと目見ただけで、兄は「麻薬か」と言った。さすがにこの手の事犯には精通している。

「受け渡しは明日……いや、きょうの午後四時半になっているな。場所は……」

「六本木ヒルズのCパーキングじゃないかと思うけど」

「なるほど」

頷いたものの、それきりだった。

「どうしたらいいですかね。橋本さんに知らせるべきでしょう？」

「そうだな、そうしたほうがいいだろうね」

あまり乗り気でない言い方だ。この兄にはまったく、何を考えているのだろう――と、分からなくなることがある。

「ところで、僕を彼女の部屋から追い出した理由は何なんですか？　僕が逃げだした後、やってきた連中は何者ですか？　あの女性と連中とは仲間なんですかね？」

「私は知らないよ。橋本警視は要するに、きみがあの部屋にいたのでは都合の悪い事情があったということなのだろう。その先を知りたければ、橋本警視に聞いてくれ。こんなところだな」

刑事局長は閉会を宣言して、ネクタイを解きにかかった。

兄の言うとおりだとすると、橋本警視はこの携帯電話のメールの内容を知らない可能性がある。一刻も早いほうがいいと思うのだが、まさかこんな夜中に電話するわけにはいかない。

翌朝の新聞には、芳香亭のウェーターが殺された事件の続報が出ていた。同僚などの話によると、事件の数日前、忘れ物をした客を追いかけて行ったことがあり、その後、脅しのような電話が再三かかっていた。そのことと事件とに、何らかの関係があるのではないかという話だ。

その忘れ物をした客というのは、ほかならぬ僕のことに決まっている。厄介なことになってきた。そのうちにモンタージュ写真でもテレビに放映されたら、うちのおふくろさんは飛び上がるにちがいない。

八時になるのを待って赤坂署に電話した。橋本警視は僕の声を聞くと、名乗りもしないうちに「どうなってるんです？」と、思い切り語尾を上げた。

「いや、その件については昨夜、兄からきつく言われました。僕のほうもどうなっているのか、知りたいくらいですが……まあ、そのことはさて置いて、あの女性はいったい誰なのですか？」

「それは……そんなことは、いくら浅見さんでも言うわけにいきませんよ。捜査上の機密事項です。それより浅見さんこそ、彼女とどういう関係なんですか？　まさか恋人じゃないでしょうね」

「そうですと言いたいところですが、残念ながら違います。何しろ、昨日初めて会ったばかりなのですから」

「えーっ、初めてで部屋に招待されたんですか。浅見さんもなかなかやりますなあ」

「そんなんじゃないですよ。それより橋本さん、携帯電話の暗号メールのことはご存じなのですか？」

「メール？　何のことですか？」

それから僕は、あの雨の日の出来事以来の一部始終を話した。メールの暗号が麻薬の受け渡しを指示したものらしいこと、その受け渡し日がきょうの午後四時三十分であることを伝えると、橋本警視は確実に飛び上がって驚いたようだ。

「まずいな、まずいですよ、浅見さん、そいつはまずい、まずいですねえ」

むやみに「まずい」を連発するから、僕は少し笑いを嚙みしめながら、「そんなにまずいですかね」と言った。

「まずいに決まってるでしょう。その携帯電話が原因で、被害者——片岡道夫っていうんですがね。彼が殺害されたのかもしれんということで、現在、携帯電話を渡した客を重要参考人として追っているところです。それが浅見さんというんじゃ最悪じゃないですか。そのメールの内容ですがね、まさか誰かに話したりはしてないでしょうな」

「いや、話しましたよ、二人に」

「えっ、ほんとですか？　誰々です？」

「一人は内田さんという、推理作家です」

「まずいなあ、あの人に喋っちゃったんですか。放送局みたいな人だからなあ。きちんと口止めしておかないと、早速ネタにされちゃいますよ」

「その点は大丈夫です」

「どうですかねえ……で、もう一人は？」

「もう一人は兄です」

「ああ、局長さんなら……局長さんはなんておっしゃってます？」

「橋本警視と相談しろと言われました。それでお電話したようなわけで」

「だったら、すぐにこっちに来てくれませんか。いや、だめだって言っても来てもらいますよ。自分としては逮捕したいくらいなもんです」

もちろん冗談だが、かえって橋本警視の緊迫感が伝わってくる。その一時間後には、僕は赤坂署にいて、橋本警視の質問攻めにあっていた。取り調べではないのだが、まるで尋問口調である。そのくせ、こっちが聞きたい、例の井上薫なる女性のことはなかなか教えてくれない。そういうところは警察官特有のいやらしさだ。

「携帯電話を持ち逃げした男が、彼女に呼び出されているのですがね」

僕は最後の切り札のように、そのことを教えてやった。

「出頭しなければ逮捕するとは言いませんが、生命は保証しないそうですよ」

「どうして……ますますまずいじゃないですか。そういうことはもっと早く言ってくれないと困るんだよねえ。それで、浅見さんは出頭するつもりですか？」

「ところが、携帯電話を持ち逃げしたのは僕とは別の男になっていましてね」

井上薫からの電話のことを解説した。

「というわけで、誰かが彼女の部屋を訪ねないと、僕が消される可能性が生じます」

「誰かがって、誰が行くんです？」

「たとえば橋本さんはいかがですか。いま気がついたのですが、電話の作り声が偶然、橋本さんの声にそっくりでした」

「自分ですか？　だめだめ、自分にはそんな演技力はない。すぐにバレますよ」

「大丈夫ですよ。ノックを三回ずつ三度やれば入れてくれます。もっとも、中で待っているのが、彼女一人かどうかは、保証のかぎりではありませんけどね」

「それなら問題ない。浅見さんが脱出した直後、二人の男がやって来て、三、四十秒間だけ中にいたが、すぐに出て、それ以降、その部屋に出入りした人間は、井上薫本人とベッドメーキングの係以外、一人もいません」

「なるほど、四六時中、監視しているというわけですか。ところで、いま井上薫とおっしゃったけど、それは本名ですか」

「分からないが、少なくともホテルのゲストカードにはそう記入してます」

「で、何者なんですか？」

「それが分からないから問題なのです。麻薬の密売組織を追いかけていて、そこに浮上したのがあの女。二人の訪問者も、われわれがマークしている組織の人間です。何か大きな取引があるという情報がありましてね。確かに、そのメールの暗号どおり、九月十三日に帝国ホテル付近で組織の人間を見かけております。その時はたまたま、外国要人の警備でホテル全体にSPが展開していたために、取引自体が行なわれなかったものと考えられます。昨日、全日空ホテルに現れた二人も同じ仲間です。ロビーで落ち合って、女の部屋に行く可能性があった。われわれは慌てましたよ。そこに浅見さんにいられたんじゃ、これまでの苦労がパアですからね。それで局長さんに急《きゅう》遽《きょ》、連絡して、浅見さんを追い出す方策をお願いしたのだが、予想どおりその後、連中は女の部屋に行きました。まさに間一髪だったというわけです」

「しかし、あの後、僕はそのスジの者らしい男に尾《つ》けられましたよ」

「ああ、ロビーを横切っていた時に、ヤクザっぽい男が浅見さんの後から歩いてきてましたね。それで、うちの刑事が止めて不審尋問したのだが、なんでもなかった。偶然、同じ方角へ向かっていただけでした」

「それだけでなく、駐車場から車で追いかけてきました」

「それもうちの人間です。浅見さんは猛スピードで六本木方面へ走り去ったそうじゃないですか。スピード違反でパクるところだったと笑ってましたよ。へへへ……」

橋本警視の笑い方がいまいましい。

「それで、橋本さんとしては差し当たり、どうするつもりですか？」

「まあ、情報どおりの取引があると見て、午後四時三十分に、六本木ヒルズのC駐車場付近に張り込むことにしてますがね」

「彼女の部屋には行きませんか」

「行きませんよ。四時半まではテキに怪しまれるような動きはしないほうがいい」

「だとすると、いよいよ僕の身は危険に晒《さら》されるわけですか」

「そんな心配はないでしょう。連中は一網打尽になるのだから。第一、浅見さんが持ち逃げの真犯人だということを、どうやって突き止めるっていうんです？」

「僕もそう言いました。ところが、彼女に言わせると、そんな考えは甘いらしい。必ず突き止めて殺すそうですよ」

「まさか、そんなことはあり得ない……」

橋本がそう言って笑いかけた時、僕のポケットで携帯電話が鳴りだした。橋本も僕と頬がくっつきそうな距離に顔を寄せて、会話に聞き耳を立てた。もちろん、相手は噂をすれば影とやら、井上薫からだった。「だめよ、あなた」と、のっけから高飛車に言った。

「警察なんかに告げ口したって、何もしてはくれないんだから」

「たぶんね。おれも警察はあてにしない」

僕は橋本の声色《こわいろ》で答え、橋本の顔を見てニヤリと笑った。橋本は面白くなさそうにむっつりしている。それはいいが、まるで警察に出頭しているのを察知したようなタイミングで電話してきたことが不気味だった。

「だったら早く持ってらっしゃいな。あなたにとっては、そんな物を持ってたって、何の意味もないでしょうけど、私には大事な物なんだから」

「ふーん……ということは、メールに表示されている以外に、何かほかの情報が隠されているってことかな」

「そんなんじゃないわよ。大切な思い出が仕舞ってあるわけ」

嘘つけ——と思った時、僕には妙案が浮かんだ。

「分かった。それじゃ昼頃、そっちへ持って行くから、ホテルのルームサービスで昼飯を奢ってくれるかい？」

「いいわよ、それくらいのことならお礼するわ。何か希望のメニューでもある？」

「何でもいいさ。カレーでもオムライスでもね」

電話を切ると、橋本警視が心配そうな目で僕を見ている。

「ほんとに行く気ですか？」

「ええ、橋本さんが安全を保証してくれるのだし、食事を奢ってくれるのですから、行かない理由がないでしょう」

「それはそうですがね。相手は得体の知れない女ですよ」

「大丈夫。任せておいてください。それに、美人の招待に背を向けるわけにもいかないじゃありませんか」

僕はいっぱしの女たらしのような顔で、胸を張ってみせた。

6

全日空ホテルから、橋本警視の手の者らしき面々は姿を消していた。やはりテキに怪しまれる動きをやめ、全勢力を六本木ヒルズ界隈に集めることにしたのだろう。僕はなんとなくほっとした気分で、二十一階の内田の部屋へ上がって行った。

猫ばば男になりすまして、井上薫の部屋を訪問する――という僕の提案を、内田は了承した。といっても二つ返事でというわけではない。相手は得体の知れぬ「黒衣の女」だから、根が臆病な内田が尻込みするのは予想どおりだった。

しかし、僕としても内田以外にこの大役を引き受けそうな人間に思い当たらないから、煽《おだ》てたりすかしたりして説得した。

結局、橋本警視の「絶対安全」というお墨付きがあることや、麻薬取引の現場が六本木ヒルズという離れた場所であることで安心したらしい。それに、若くて美しい女性の部屋を訪問する果報と冒険心をくすぐられては、抵抗しきれない性格なのだ。うまくすれば、目撃談をネタに短編小説ぐらい書けるかもしれない――という計算も働いたにちがいない。そういえば、某出版社から苦手な短編の書き下ろしを頼まれて閉口していると、こぼしていたっけ。

　時計の針が正午を指すのを待ちかねたように、内田は勇躍、二十六階へ向かった。僕は彼が無事に生還するのを祈りながら、彼のワープロを使って、遅れている「旅と歴史」の原稿を書くことにした。

　仕事に熱中していると、時間の経つのは早いものである。ふと気がつくと、時刻は午後四時を回ろうとしている。六本木ヒルズの現場では、そろそろ問題の取引が行なわれるはずだ。それにしても、内田の帰りがやけに遅い。いくら食いしん坊の内田でも、四時間近くも食事に費やしているとは思えない。それとも、井上薫と好もしい関係が成立したのだろうか？

（まさか、唐変木《とうへんぼく》の彼にかぎって——）と、即座に笑い捨てたが、逆に無事でいるかどうか、しだいに不安は募る。

　僕は部屋を出て、二十六階まで上がってみることにした。エレベーターは誰に会うかしれないので敬遠して、階段を使った。階段口のドアを開けかけた時、廊下に人の気配を察知した。薄めに開けたドアの隙間から覗いてみると、廊下を小走りに去って行く黒いスーツ姿の女が見えた。井上薫だった。

彼女の行く手で、エレベーターが待っている。誰かが中でドアをＯＰＥＮの状態に保っているらしい。ほんの一部しか見えないが、服装からいって男であることは間違いない。薫が「お待たせしました」と箱の中に納まると、ドアが閉じられた。

男は内田ではなかった。だとすると、内田がどうなったのか心配だ。行き違いで部屋に戻った可能性もある。僕がキーを持っているから、部屋の前で立ち往生しているかもしれない。僕は急いで内田の部屋に戻った。しかし、部屋の前の廊下にも、部屋の中にも、内田の姿はなかった。

僕は再び薫の部屋に引き返し、ドアをノックした。必要はないのだが、三回のノックを三度繰り返した。応答はなかった。

また内田の部屋に取って返し、2613号室に電話を入れてみた。ベルの音が空《むな》しく聞こえるが、受話器を取る気配はない。二十回鳴らして出なければ——と、最悪の状況が思い浮かんだ時、受話器が外れるガチャガチャという音がして、「はい」と、眠そうな内田の声が聞こえた。

「あっ、先生、無事でしたか！」

僕は思わず叫んだ。

「なんだよ浅見ちゃん、ひとが気持ちよく寝ているっていうのにさ」

「えっ、寝たんですか、彼女の部屋で？」

「ああ、寝たよ。ただし、きみが想像しているような幸せな眠りでなく、純粋に眠いから寝ただけだがね」

「そんなところで寝ている場合じゃないでしょう」

「ああ、僕もそう思うが、眠くて眠くてたまらなかったもんでね。それに、中途半端で起こされたから、頭が痛い」

「それって、先生、一服盛られたんじゃありませんかね」

「一服？……なるほど、そうかもしれない。あのコーヒーが妙に苦かった。そうか、ちきしょう、あの女……あれ？　彼女はどうしちゃったのかな？」

「さっき出て行きましたよ。男と一緒に」

「男とだと？　ちきしょう、この僕という者がありながら……」

内田はあまり正当な理由があるとも思えない怒りに興奮している。

ともかく僕は２６１３号室へ行き、内田の様子を見ることにした。内田はまだ睡魔が去らないのか、ドアを開けてから、ひと言「眠い」と言って、フラフラとソファーに引っ繰り返った。しかし、表情はボーッと冴えないが、顔色はよかった。僕が冷蔵庫のミネラルウォーターを持って行ってやると、ゴクゴクと旨そうに飲んで、ようやく頭がはっきりしてきたようだ。

話を聞いてみると、訪問した当初、井上薫は歓迎ムードだったそうだ。

「携帯電話を渡したら大喜びでさ。いきなり飛びついてキスの嵐……」

「そんな見え透いた嘘は言わなくてもいいですよ」

「あはは、それは嘘だが、すでにルームサービスでフィレステーキのほかに、なぜかライスカレーとオムライスが注文してあった。僕の好みを分かっているみたいで、大いに嬉しかったもんだ。それなのに、その後のコーヒーで一服盛られたとはねえ。これだから女ってやつは油断がならない」

「でもまあ、いいじゃありませんか。食事を奢ってもらったのだし、生命に別状はなかったのだし」

「当たり前だ、別状があってたまるか。それより、その不届きな男っていうのは、何者なのかな？　麻薬シンジケートのボスか」

「だったら、いま頃先生は冷たくなっていたでしょう」

「縁起でもないことを言うなよ。しかし、それもそうだな。映画だったら、連中の秘密に首を突っ込んだやつは、消される運命にあるのがふつうだよね。それにもかかわらず僕が無事だったのは、やはり殺すには惜しい存在と評価したからだろうな」

真面目くさって言うから、僕は笑ってしまった。

「なんだよ、そういう笑い方は失礼だぞ。それとも浅見ちゃん、きみは僕の存在を評価しないとでも言うのか？」

「とんでもない、評価してますよ。僕だけじゃなく、井上薫も先生の存在を高く評価していたのだと思いますよ。とくに、あの部屋における存在価値は大きかったのでしょう」

「あの部屋におけるって……そいつはどういう意味だい？」

「いや、これは僕の勝手な憶測にすぎませんから」

「憶測でもなんでもいいから、どういう意味か言ってみなよ」

「つまり、先生があの部屋に存在することに重大な意義があったのだと思うのです」

「どうも、言ってることがよく分からないな。なんだって僕があの部屋に存在することに意義があったのさ？」

「例の携帯電話を猫ばばした人物――この場合は先生っていうことになりますが――つまり先生は午後四時三十分に、六本木ヒルズで取引が行なわれることを知っています。連中にしてみれば、そういう人物に現場周辺をうろつかれては、計画に齟齬《そご》をきたしかねないから、大いに困るわけです。そこで、邪魔者を消す代わりに眠らせる作戦に出たということなのではないでしょうか。先生を招待して丁重にもてなし、夕刻までおやすみいただいたというわけです」

「ふーん、なるほど、そういうわけか。そういえば、そろそろ取引の時間だな」

時計はまさに四時三十分を刻もうとしている。二人は息をひそめて、テレビの上のデジタル時計が〔4：30〕を表示する瞬間を見つめた。それから数分、会話が途絶えたが、何事も起こる気配はない。

「しかしだね、浅見ちゃん」

静寂に耐えきれなくなったように、内田が口を開いた。

「消されなかったのはいいとして、僕がこうしてテキの本陣に入り込んで、井上薫なる女の本性を知ってしまったからには、ただで済むはずがないだろう。こんなふうにノンビリしているあいだに、奴らがやって来るんじゃないのか。そうだよ浅見ちゃん、落ち着いている場合じゃないぞ」

不安そうに腰を浮かせた。

「大丈夫ですよ。いま頃はそれこそ一網打尽になっているはずです。そうでなければ、彼女の裏切り行為に怒った連中がここに殺到するか、電話で脅しをかけてくる……」

そう言った途端、電話のベルがけたたましく鳴った。僕も驚いたが、内田はソファーから立ち上がって逃げ腰になっている。

　鳴りつづける電話をよそに、二人は顔を見合わせたまま、凍結状態だ。

「浅見ちゃん、出ろよ」

「いや、この部屋にいるのは先生なんだから、先生に権利がありますよ」

「僕はこの際、権利は放棄する。とにかく出ないとまずいんじゃないのか」

居留守を使っているのを見透かすように、電話は鳴りやまない。僕は勇《ゆう》を鼓《こ》して受話器を手に取った。「あっ、ようやく出たのね」という声は、まぎれもなく井上薫だ。僕は受話器を耳に当てたまま、内田を手招いた。二人が頰を寄せて、受話器から洩れる薫の声を聞くの図は、傍目《はため》にはさぞかし美しくないだろうけれど、仕方がない。

「内田さんでしょ？　お目覚めまで、ずいぶん時間がかかったみたいだけど、調子はいかがですか？」

「ああ、よく眠らせてもらったよ。気分爽快とはいかないけどね」

　内田は不愉快そうに言った。

「ははは、ごめんなさい。これにはいろいろ事情があるんです。お蔭さまで仕事のほうは大成功でした。いずれあらためてお礼しますけど、あの方にもよろしくお伝えください」

「ん？　あの方って、誰のことさ？」

「分かってらっしゃるくせに。浅見光彦さんですよ。本心を言うと、浅見さんをご招待申し上げたかったんだけど、でも、浅見さんとご一緒してたら、仕事のことなんか忘れて、寝てしまったかもしれませんものね、あははは……」

楽しそうに笑うと、井上薫は「それじゃ、失礼します」と、あっけなく電話を切った。

取り残された男二人は、阿呆のように顔を見合わせた。

「いまのはどういう意味だ？　浅見ちゃんとならっていうのは」

「僕の顔を見てると、眠くなるほど退屈だっていう意味じゃないですかね」

「ばかばかしい。睡眠薬入りのコーヒーじゃあるまいし。それにしても、いったい何がどうなっているんだ？　あの連中は一網打尽にされたんじゃないのかね」

「そっちのほうはたぶん、そうなったのでしょう。彼女の口ぶりから、すべてうまくいったような印象です」

「うまくいったって、一網打尽じゃ、うまくないじゃないの」

「いや、それがそうじゃないから面白い。僕にはようやく筋書きが読めてきましたよ。まったくとんでもない事件に巻き込まれたものです」

「ほんとかね、読めたのかね。だったら、面白がってないで、どういうことか説明してくれよ」

「まあ、それはもう少し待ってみましょう。間もなく電話が入りますよ、きっと」

半信半疑の内田は、不満そうに沈黙した。それからほんの十分足らずで、予想どおり電話がかかってきた。内田が受話器を取り、昨日の井上薫を彷彿《ほうふつ》させる仕種《しぐさ》で、「浅見さんいますか、だとさ」と突き出した。薫と違う点は、演技ではないということだ。

僕は受話器を握るなり、「やあ、橋本さん、おめでとうございます」と言った。

「えっ自分だということ、どうして分かったんですか？」

「ははは、そりゃ分かりますよ。もうそろそろ電話してくる頃だと思っていました」

「ふーん、驚いたなあ……まあ、ともかくありがとうございました。詳しいことは局長さんにご報告してありますので、そちらから聞いていただくとして、今回の麻薬密売に関わった連中、アメリカ人二名を含む六人を検挙しました。その中には片岡道夫殺害の犯人も含まれております」

「そのことですが、片岡さんはなぜ殺されなければならなかったのですか？」

「うーん……それについては若干、浅見さんも関係があるのですがね。連中としては、片岡さんが携帯電話を隠匿したと錯覚したもののようです。もちろん片岡さんは否定したでしょうが、問い詰める過程で秘密を知られすぎてしまったため、消してしまうほかはなくなったものと思われます」

「それじゃ、まるで僕の身代わりで、とばっちりのように殺された……」

僕は暗然として言葉を失った。雨の中を追いかけてきて、携帯電話を手渡した時の、彼の怒った顔が目に浮かぶ。

「まあ、気の毒としか言いようがありませんがね。浅見さんが責任を感じることはないですよ。むしろ、片岡さん殺害の犯人として、浅見さんがあやうく逮捕されかかったのですからね。ほら、事件の次の日、芳香亭に行ってレジの女性に怪しまれたでしょう。あの時に刑事が怪しい客を追いかけたのだが、全日空ホテルに逃げ込まれたという話です。そういう意味では浅見さんも被害者ですよ。といっても、浅見さんのことだから気に病むでしょうけどねえ……そんなことより、今回の事件は赤坂署始まって以来の大捕り物でした。自分も大手柄でして、いずれ警視総監賞を戴《いただ》けるにちがいありません。すべて浅見さんのお蔭であります」

橋本警視は、滅入《めい》り込んだ僕の心を掻き立てるように、上機嫌《いや》で、何度も礼を述べて、電話を切った。だからといって、それで僕の辛い気持ちが癒されるわけではないが。

　例によって受話器から洩れる声を聞いていた内田が、さらに不可解な面持ちで、

「どういうことなのさ？」と言った。

「いま聞いたとおりでしょう。六本木ヒルズに網を張った捜査陣が、密売グループを一網打尽にしたっていう、感謝の言葉です」

「それは分かるけどさ、じゃあ、あの井上薫って女は何なのさ？」

「たぶんオトリ捜査のオトリ役だと思いますよ。それについては、次の電話で明らかになるはずです」

「えっ、まだ電話がかかってくるのかい？」

「たぶん」

　言ってるそばから電話が鳴った。今度は僕が直接、受話器を握った。

「やあ兄さん」

　いきなり言ってやったのだが、兄は少しも驚かず、「まだいたのか」と言った。

「どういう意味ですか？」

「いつまでもそんなところにいないで、そろそろ逃げたほうがいいかもしれない」

「逃げろって、誰から？　連中の仲間がまだ残っているのですか？」

「いや、そうじゃないが、間もなく井上薫嬢がそっちに到着するぞ。きみには言ってなかったが、彼女はＦＢＩの職員で、麻薬密売の情報を持って東京に来たのだ」

「なるほど……だからって、なにも僕が逃げる必要はないでしょう。逮捕されるいわれはないのだから」

「逮捕されるより始末が悪いかもしれない。彼女はしきりにきみのことを知りたがっていた。三十三歳の独身だと言ったら、異常な関心を示した。あのぶんだと、手錠を嵌《は》めてアメリカへ連れ帰るつもりだな。いかにもアメリカ女性らしい自己中心主義で、おまけに気が強い。まあ、きみの好みの問題もあるが、私としては逃げたほうが無難だと思う」

「分かりました」

僕は電話を切ると、内田の腕を掴んで部屋を飛び出した。

あとがき

僕の記憶に間違いがなければ、本書のために書き下ろした『逃げろ光彦』は、一九九三年に『他殺の効用』を書いて以来、十二年ぶりの短編小説ということになります。その間に三十六作もの長編を書いていることを考えると、作家業界では希有《けう》の例ではないでしょうか。なぜこれほど短編が少ないのかとよく訊かれます。いろいろな機会に言ったり書いたりしていることですが、僕は短編が苦手です。巧拙はともかくとして、書いていて楽しいのはやはり長編。ネバーエンディングストーリーのように、空想の世界に思う存分羽ばたいている気分です。それに対して短編はきびしい。ある程度の枚数制限があり、締切りも定められているとなると、これはもう頭脳労働そのものといっていいでしょう。

といったようなわけで、正直なところ、今回も固辞したかったのですが、二十年来の付き合いのある有楽出版社の土山勝廣氏に口説き落とされ、ついに逃げきれなかった。しかも浅見光彦を主人公にした軽いタッチのもの——という注文までつけられていました。

かてくわえて、今回のアンソロジーのテーマは「女の怖さ」。浅見光彦で軽いタッチで、しかも女の怖さというのは、相当な難問です。とはいうものの、根っから書くことが好きな性分なのでしょう。最初は五十枚の予定で書きはじめたものが、興《きょう》の赴《おもむ》くまま書き進めているうちに、約九十枚になってしまいました。仕上がり具合については読者の評価に委《ゆだ》ねるとして、脱稿したばかりのいまはほっとひと息ついています。

さて『逃げろ光彦』を除く四作をお読みになった方は、「えっ？」と驚いたことでしょう。「これも内田康夫作品なの？」と呆れたかもしれません。ことに『飼う女』『交歓殺人』に至っては、爽やかな浅見光彦シリーズとは対極の位置にあります。じつは、この二作品は徳間書店の雑誌「問題小説」（現在は「読楽《どくらく》」に誌名変更）に掲載されたものです。ご承知かどうかは知りませんが、「問題小説」はかなりエロチシズムに溢《あふ》れた雑誌です。デビューして間もない頃は、何にでもチャレンジする精神で、こういう作品も書いてみました。それはともかく、ある意味では守備範囲の広さをアピールする狙いもあったかもしれません。質的な観点に立てば、どの作品もミステリーとしてはなかなかのものだと、僕なりに自負しています。中でも『埋もれ火』が好きで、埋もれ火のように眠っている女の情念が目覚める時に事件が起きるという、美しい殺人事件（？）の話です。二十年ほど前の作品ですが、テレビドラマ化されて、評価も高かったと聞いています。『濡れていた紐』は作家業宣言をして二年後に書いたもので、手さぐり状態で創作していた初々《ういうい》しさが、いささか頼りない。『飼う女』はいかにも短編ミステリーらしい緊迫感と意外性に富んでいて、書いた本人が「すごい」と思いました。親子三代の女の業というか、恐ろしさが伝わります。『交歓殺人』のドンデン返しには読者も納得されたのではないでしょうか。豚の角煮の匂いが漂ってきそうで、こういう女たちを相手にするのだから、男たるもの、勝てないと思ったものです。

最後の『逃げろ光彦』に至って、まったくこの作家の本質が分からなくなったのではありませんか？　しかし、どれもすべて内田康夫の本質が顕《あらわ》れた作品です。僕は子供の頃から夏目漱石が好きですが、漱石の『坊っちゃん』『吾輩は猫である』と『それから』『三四郎』、さらには『虞美人草』など、同一作家とは思えない作品群に親しんできたせいか、自分の中にあるいろいろな「本質」が、さまざまな形で顕れるのを、むしろ楽しみにしているのかもしれません。その多様性を多くの長編作品の中に読み取っていただければ幸いです。

二〇〇五年秋

内田康夫

本作は、二〇〇五年十月に実業之日本社より刊行され、
二〇〇八年十月に幻冬舎文庫に収録されました。

|著者| 内田康夫　1934年東京都生まれ。CM製作会社の経営をへて、『死者の木霊《こだま》』でデビュー。名探偵・浅見光彦、信濃のコロンボ・竹村岩男ら大人気キャラクターを生み、ベストセラー作家に。作詞・水彩画・書など多才ぶりを発揮。2008年第11回日本ミステリー文学大賞受賞。2016年4月、軽井沢に「浅見光彦記念館」がオープン。病気療養のため、未完のまま刊行された『孤道』は、完結編を一般公募して話題となる。最優秀作は、'19年、『孤道　完結編　金色の眠り』と題し、『孤道』と合わせ文庫化された。
ホームページ　http://www.asami-mitsuhiko.or.jp

逃《に》げろ光彦《みつひこ》　内田康夫《うちだやすお》と5人《にん》の女《おんな》たち

内田康夫《うちだやすお》

2014年4月15日第1刷発行
2022年5月17日第11刷発行

発行者——鈴木章一
発行所——株式会社　講談社
東京都文京区音羽2-12-21　〒112-8001
電話　出版（03）5395-3510
販売（03）5395-5817
業務（03）5395-3615

Printed in Japan

講談社文庫
定価はカバーに
表示してあります

KODANSHA

デザイン—菊地信義
本文データ制作—講談社デジタル製作
印刷———株式会社KPSプロダクツ
製本———株式会社国宝社

ISBN978-4-06-277807-7

講談社文庫刊行の辞

二十一世紀の到来を目睫に望みながら、われわれはいま、人類史上かつて例を見ない巨大な転換期をむかえようとしている。

世界も、日本も、激動の予兆に対する期待とおののきを内に蔵して、未知の時代に歩み入ろうとしている。このときにあたり、創業の人野間清治の「ナショナル・エデュケイター」への志を現代に甦らせようと意図して、われわれはここに古今の文芸作品はいうまでもなく、ひろく人文・社会・自然の諸科学から東西の名著を網羅する、新しい綜合文庫の発刊を決意した。

激動の転換期はまた断絶の時代である。われわれは戦後二十五年間の出版文化のありかたへの深い反省をこめて、この断絶の時代にあえて人間的な持続を求めようとする。いたずらに浮薄な商業主義のあだ花を追い求めることなく、長期にわたって良書に生命をあたえようとつとめるところにしか、今後の出版文化の真の繁栄はあり得ないと信じるからである。

同時にわれわれはこの綜合文庫の刊行を通じて、人文・社会・自然の諸科学が、結局人間の学にほかならないことを立証しようと願っている。かつて知識とは、「汝自身を知る」ことにつきていた。現代社会の瑣末な情報の氾濫のなかから、力強い知識の源泉を掘り起し、技術文明のただなかに、生きた人間の姿を復活させること。それこそわれわれの切なる希求である。

われわれは権威に盲従せず、俗流に媚びることなく、渾然一体となって日本の「草の根」をかたちづくる若く新しい世代の人々に、心をこめてこの新しい綜合文庫をおくり届けたい。それは知識の泉であるとともに感受性のふるさとであり、もっとも有機的に組織され、社会に開かれた万人のための大学をめざしている。大方の支援と協力を衷心より切望してやまない。

一九七一年七月

野間省一

講談社文庫　目録

稲葉　稔　椋鳥の影〈八丁堀手控え帖〉
伊坂幸太郎　チルドレン
伊坂幸太郎　魔王
伊坂幸太郎　モダンタイムス(上)(下)
伊坂幸太郎　PK
伊坂幸太郎　サブマリン
絲山秋子　袋小路の男
石黒　耀　死都日本
石黒　耀　忠臣蔵異聞〈家老 大野九郎兵衛の長い仇討ち〉
犬飼六岐　筋違い半介
犬飼六岐　吉岡清三郎貸腕帳
石川大我　ボクの彼氏はどこにいる?
石松宏章　マジでガチなボランティア
伊東　潤　国を蹴った男
伊東　潤　峠越え
伊東　潤　黎明に起《た》つ
伊東　潤　池田屋乱刃
石飛幸三　「平穏死」のすすめ〈口から食べられなくなったらどうしますか〉
伊藤理佐　女のはしょり道
伊藤理佐　また！　女のはしょり道
伊藤理佐　みたび！　女のはしょり道
石黒正数　外《げ》天《てん》楼《ろう》
伊与原　新　ルカの方《はこ》舟《ぶね》
伊与原　新　コンタミ　科学汚染
稲葉圭《よし》昭《あき》　恥さらし〈北海道警　悪徳刑事の告白〉
稲葉博《ひろ》一《いち》　忍者烈伝
稲葉博一　忍者烈伝ノ続
稲葉博一　忍者烈伝ノ乱〈天之巻〉〈地之巻〉
伊岡　瞬　桜の花が散る前に
石川智健　エウレカの確率〈経済学捜査と殺人の効用〉
石川智健　60《ロクジュウ》〈誤判対策室〉
石川智健　20《ニジュウ》〈誤判対策室〉
石川智健　第三者隠蔽機関
石川智健　いたずらにモテる刑事の捜査報告書
井上真《ま》偽《ぎ》　その可能性はすでに考えた
井上真偽　聖女の毒杯〈その可能性はすでに考えた〉
井上真偽　恋と禁忌の述語論理《プレディケット》
泉　ゆたか　お師匠さま、整いました！
伊兼源太郎　地検のS
伊兼源太郎　巨悪
逸木　裕　電気じかけのクジラは歌う
今村翔吾　イクサガミ　天
入月英一　信長と征《ゆ》く1・2〈転生商人の天下取り〉
内田康夫　シーラカンス殺人事件
内田康夫　パソコン探偵の名推理
内田康夫　「横山大観」殺人事件
内田康夫　江田島殺人事件
内田康夫　琵琶湖周航殺人歌
内田康夫　夏泊殺人岬
内田康夫　「信濃の国」殺人事件
内田康夫　風葬の城
内田康夫　透明な遺書
内田康夫　鞆《とも》の浦《うら》殺人事件
内田康夫　終幕《フィナーレ》のない殺人
内田康夫　御堂筋殺人事件
内田康夫　記憶の中の殺人
内田康夫　北国街道殺人事件

講談社文庫　目録

大倉崇裕 クジャクを愛した容疑者〈警視庁いきもの係〉
大鹿靖明 メルトダウン〈ドキュメント福島第一原発事故〉
荻原浩 砂の王国(上)(下)
荻原浩 家族写真
小野正嗣 九年前の祈り
大友信彦 オールブラックスが強い理由〈世界最強チーム勝利のメソッド〉
乙一 銃とチョコレート
織守《おりがみ》きょうや 霊感検定
織守きょうや 霊感検定〈心霊アイドルの憂鬱〉
織守きょうや 霊感検定〈春にして君を離れ〉
織守きょうや 少女は鳥籠《とりかご》で眠らない
おーなり由子 きれいな色とことば
岡崎琢磨 病弱探偵〈謎は彼女の特効薬〉
小野寺史宜《ふみのり》 その愛の程度
小野寺史宜 近いはずの人
小野寺史宜 それ自体が奇跡
小野寺史宜 縁《ゆかり》
大崎梢 横濱エトランゼ
太田哲雄 アマゾンの料理人〈世界一の"美味しい"を探して僕が行き着いた場所〉

小竹正人 空に住む
岡本さとる 駕籠《かご》屋春秋 新三《しんざ》と太十《たじゅう》
岡本さとる 質屋の娘〈駕籠屋春秋 新三と太十〉
岡本さとる 雨やどり〈駕籠屋春秋 新三と太十〉
岡崎大五 食べるぞ!世界の地元メシ
荻上直子 川っぺりムコリッタ
海音寺潮五郎 新装版 江戸城大奥列伝
海音寺潮五郎 新装版 孫子(上)(下)
海音寺潮五郎 新装版 赤穂義士
加賀乙彦 新装版 高山右近
加賀乙彦 ザビエルとその弟子
加賀乙彦 殉教者
加賀乙彦 わたしの芭蕉
柏葉幸子 ミラクル・ファミリー
勝目梓 小説家
桂米朝 米朝ばなし〈上方落語地図〉
笠井潔 梟《ふくろう》の巨《おお》なる黄昏《たそがれ》
笠井潔 青銅の悲劇(上)(下)〈瀕死の王〉
笠井潔 転生の魔〈私立探偵飛鳥井の事件簿〉

川田弥一郎 白く長い廊下
神崎京介 女薫の旅 放心とろり
神崎京介 女薫の旅 耽溺《たんでき》まみれ
神崎京介 女薫の旅 秘に触れ
神崎京介 女薫の旅 禁の園へ
神崎京介 女薫の旅 欲の極み
神崎京介 女薫の旅 青い乱れ
神崎京介 女薫の旅 奥に裏に
神崎京介 I LOVE
加納朋子 ガラスの麒麟〈新装版〉
角田光代 まどろむ夜のUFO
角田光代 恋するように旅をして
角田光代 人生ベストテン
角田光代 ロック母
角田光代 彼女のこんだて帖
角田光代 ひそやかな花園
川端裕人 せちやん〈星を聴く人〉
川端裕人 星と半月の海
片川優子 ジョナさん

講談社文庫　目録

京極夏彦　文庫版 死ねばいいのに
京極夏彦　文庫版 ルー＝ガルー〈忌避すべき狼〉
京極夏彦　文庫版 ルー＝ガルー2〈インクブス×スクブス　相容れぬ夢魔〉
京極夏彦　文庫版 地獄の楽しみ方
京極夏彦　分冊文庫版 姑獲鳥《うぶめ》の夏 (上)(下)
京極夏彦　分冊文庫版 魍魎《もうりょう》の匣《はこ》 (上)(中)(下)
京極夏彦　分冊文庫版 狂骨《きょうこつ》の夢《ゆめ》 (上)(中)(下)
京極夏彦　分冊文庫版 鉄鼠《てっそ》の檻《おり》 全四巻
京極夏彦　分冊文庫版 絡新婦《じょろうぐも》の理《ことわり》 全四巻
京極夏彦　分冊文庫版 塗仏《ぬりぼとけ》の宴《うたげ》 宴の支度《したく》 (上)(中)(下)
京極夏彦　分冊文庫版 塗仏《ぬりぼとけ》の宴《うたげ》 宴の始末《しまつ》 (上)(中)(下)
京極夏彦　分冊文庫版 陰摩羅鬼《おんもらき》の瑕《きず》 (上)(中)(下)
京極夏彦　分冊文庫版 邪魅《じゃみ》の雫 (上)(中)(下)
京極夏彦　分冊文庫版 ルー＝ガルー〈忌避すべき狼〉(上)(下)
京極夏彦　分冊文庫版 ルー＝ガルー2〈インクブス×スクブス　相容れぬ夢魔〉(上)(下)
北森　鴻　親不孝通りラプソディー
北森　鴻　花の下にて春死なむ〈香菜里屋シリーズ1〈新装版〉〉
北森　鴻　桜　宵〈香菜里屋シリーズ2〈新装版〉〉
北森　鴻　螢　坂〈香菜里屋シリーズ3〈新装版〉〉
北森　鴻　香菜里屋を知っていますか〈香菜里屋シリーズ4〈新装版〉〉
北村　薫　盤　上　の　敵〈新装版〉
木内一裕　藁　の　楯
木内一裕　水の中の犬
木内一裕　アウト＆アウト
木内一裕　キ　ッ　ド
木内一裕　デッドボール
木内一裕　神様の贈り物
木内一裕　喧　嘩　猿
木内一裕　バードドッグ
木内一裕　不　愉　快　犯
木内一裕　嘘ですけど、なにか？
木内一裕　ドッグレース
木内一裕　飛べないカラス
北山猛邦　『クロック城』殺人事件
北山猛邦　『アリス・ミラー城』殺人事件
北山猛邦　私たちが星座を盗んだ理由
北山猛邦　さかさま少女のためのピアノソナタ
北　康利　白洲次郎　占領を背負った男 (上)(下)
貴志祐介　新世界より (上)(中)(下)
岸本佐知子 編訳　変《ヘン》愛《アイ》小説集
岸本佐知子 編　変愛小説集　日本作家編
木原浩勝　文庫版 現世《うつしよ》怪談(一)　主人の帰り
木原浩勝　文庫版 現世怪談(二)　白刃の盾
木原浩勝　増補改訂版 もう一つの「バルス」〈―宮崎駿と『天空の城ラピュタ』の時代―〉
喜国雅彦・国樹由香　メフィストの漫画
喜国雅彦・国樹由香　本　格　力〈本棚探偵のミステリ・ブックガイド〉
清武英利　石　つ　ぶ　て〈警視庁　二課刑事の残したもの〉
清武英利　し　ん　が　り〈山一證券　最後の12人〉
清武英利　ト　ッ　カ　イ〈不良債権特別回収部〉
喜多喜久　ビギナーズ・ラボ
黒岩重吾　新装版 古代史への旅
栗本　薫　新装版 ぼくらの時代
黒柳徹子　窓ぎわのトットちゃん　新組版
倉知　淳　新装版 星降り山荘の殺人
熊谷達也　浜　の　甚　兵　衛
倉阪鬼一郎　八　丁　堀　の　忍
倉阪鬼一郎　八　丁　堀　の　忍(二)〈大川端の死闘〉

2022年 3 月15日現在